Bärenpoker

Buch 2
Gestaltwandler in Vegas

Anna Lowe

Inhaltsverzeichnis

Weitere Titel in dieser Serie

Gestaltwandler in Vegas

Wolfspoker

Bärenpoker

Pantherpoker

Drachenpoker

www.annalowe.de

Kapitel 1

„Bist du verrückt?"

Karen zuckte zusammen, als sie an die gekreischten Worte ihrer Schwester zurückdachte.

Ja, es war verrückt, nach Las Vegas zurückzukehren, nachdem sie nur knapp mit dem Leben davongekommen war. Aber sie hatte drei Motive dafür.

Einen Diamanten, Rache und wahre Liebe. Eine starke – und womöglich tödliche – Kombination.

Sie begutachtete die Entfernung zwischen dem Dach im fünfunddreißigsten Stock, auf dem sie kauerte, und dem neunundzwanzig Etagen hohen Gebäude auf der anderen Seite der Allee. Mist, ganz schön weit.

„Ich schaffe das", sagte sie sich vor.

Sie schluckte schwer, als sie zur Straße tief unten hinabblickte. Auf den Bürgersteigen tummelten sich Menschenmassen. Die roten Bremsleuchten von Autos stauten sich den gesamten Strip entlang, die blinkenden Neonlichter der Casinos überstrahlten die Sterne. Die gesamte Stadt glich einem mitten in die Wüste gepflanzten Rummelplatz, Hunderte Kilometer von allem entfernt – außer vom Tor zur Hölle.

Karen rückte näher zur Dachkante vor. Die mitternächtliche Brise zerrte an ihrer Kleidung und versuchte, sie über den Rand in die Leere zu ziehen.

„Ist gar nicht so weit. Überhaupt nicht weit", murmelte sie mit wackeligen Knien.

Verdammt, Drachen sollten doch wohl keine Angst vor dem Fliegen haben.

Was ist mit Halbdrachen? fragte ihr innerer Feigling.

Sie strich sich die Haare zurück und blickte finster in die Nacht. Warum konnte sie nicht wie ihre Schwester Kaya sein? Kaya konnte sich mühelos in die Lüfte erheben und hoch in den Himmel aufsteigen. Und sie fürchtete sich vor nichts.

Ich auch nicht, schoss ihr Stolz zurück. *Vor gar nichts.*

Außer vielleicht vor den eigenen Unzulänglichkeiten. Aber verdammt, es war ja nicht ihre Schuld, dass sie nur zur Hälfte eine Drachendame war. Ebenso wenig konnte sie dafür, dass die andere Hälfte ihrer DNA nicht hilfreich beim Fliegen war.

Karen versuchte, sich vorzustellen, wie ihr das Unterfangen gelang. Angeblich half das ja, richtig? Sie beschwor ein Bild herauf, wie sie die ledrigen Drachenflügel weit ausbreitete und die breite Drachennase in die richtige Richtung reckte. Ihr schlanker Körper würde anmutig durch die Luft gleiten...

Aber *zack!* Die Vision endete jedes Mal mit einem harten Absturz. Einem, von dem sich nicht mal eine Gestaltwandlerin erholen würde.

Mühsam löste sie den Blick von dem tiefen Abgrund vor ihr. Sie musste sich auf das Dach auf der anderen Straßenseite konzentrieren – das des *Scarlet Palace,* außen das schillerndste Casino von Las Vegas, innen das zwielichtigste.

Konzentrier dich, verdammt noch mal. Konzentrier dich!

Das Einzige, was zählte, waren der Diamant und Rache. Schnell rein und raus, dann würde sie die Stadt der Sünde schleunigst für immer verlassen.

Ein Zucken im rechten Auge erinnerte sie daran, dass der erste schnelle Rein-Raus-Versuch in Las Vegas mit einer zehntägigen Gefangenschaft geendet hatte. Zornig rieb sie den Tic weg. Am wichtigsten war Rache.

Vergiss nicht meinen Gefährten! rief ihre innere Drachendame.

„Oh, um Himmels willen", murmelte Karen.

Man hätte meinen sollen, dass man sich als halbe Drachendame nur mit einer schwachen inneren Stimme herumzuschlagen hatte. Aber nein. Das Tier fand, es hätte jedes Recht, seine Meinung – mit Nachdruck – zu allem und jedem kundzutun. Und das, obwohl es nicht richtig fliegen konnte.

Wieder überprüfte sie die Höhe und die Entfernung. Gott, wann hatte sie so etwas zuletzt versucht? Es fühlte sich wie Jahre an. Moment, es waren tatsächlich Jahre.

„Bist ja eine schöne Drachendame", brummelte sie bei sich.

Das Tier in ihr schmollte. *Ich kann Feuer speien.*

Tja, wenigstens etwas.

Um fliegen zu können, muss man glauben.

Schnaubend drängte Karen das Biest zurück in ihr Unterbewusstsein. Daran glaubte sie keine Sekunde. Klar, sie konnte die Flügel weit spreizen und *gleiten*, wenn der Wind in die richtige Richtung wehte. Aber richtig fliegen – aufsteigen, aus eigener Kraft für Vortrieb sorgen, präzise steuern? Keine Chance. Das hatte sie schon zig Mal versucht und genug Narben, die bewiesen, dass es nicht funktionierte. Jedenfalls nicht für eine Halbdrachin.

Wir können es schaffen! beharrte ihre innere Drachendame. *Erinnerst du dich an damals mit Opa?*

Karen schnaubte. Gut, sie war früher mal unter der Anleitung ihres Großvaters ein Stück weit aufgestiegen und hatte eine wackelige Kurve geschafft. Allerdings nur, weil er dabei gewesen war und sie mit seiner legendären Macht angespornt hatte. Trotzdem war sie die ganze Zeit steif vor Angst gewesen.

Natürlich kann man nicht fliegen, wenn man sich davor fürchtet, schimpfte ihre Drachendame. *Weißt du noch, was Opa gesagt hat?*

Ja, das wusste sie noch. *Es ist wie beim Feuerspeien. Die Kräfte eines Drachen entstehen durch Liebe und wahre Überzeugung...*

Woran man glauben musste. Karen hatte zuletzt geglaubt, als sie betrunken gewesen war. Betrunken genug für den Versuch, mit den Flügeln zu schlagen und zu fliegen.

Und es hat funktioniert! argumentierte ihre Drachendame. *Du musst mir vertrauen. Oder besser noch, werde wütend wegen irgendetwas. Richtig wütend. Das funktioniert auch.*

Karen schnaubte. Ihr letzter richtiger Flugversuch lag fünf Jahre zurück. Das Glauben hatte dabei etwa dreißig Sekunden lang funktioniert, bis sie in der Luft in Panik geraten war. Sie hatte eine Bruchlandung in eine Güllegrube hingelegt und sich dabei fast ein Bein gebrochen.

Also nein. Sie glaubte nicht, dass sie fliegen konnte, nur weil sie es sich wünschte. Ebenso wenig glaubte sie an vom Schicksal füreinander auserkorene Gefährten. Der sündhaft heiße Bärengestaltwandler, mit dem sie vor zwei Wochen rumgemacht hatte, war nicht ihr Gefährte. Nur ein willkürlicher Kerl.

Ein wirklich, wirklich heißer Kerl, kam von ihrer Drachendame. *Erinnerst du dich an seine Hände? Seine Schultern? Sein Sixpack?*

Karen schüttelte den Kopf. Der Mann war ein One-Night-Stand gewesen, der sich nicht die Mühe gemacht hatte, zu einem zweiten Date zu erscheinen. Und sie würde keine Zeit damit verschwenden, weiterhin an ihn zu denken.

Wie kannst du nicht an diese haselnussbraunen Augen denken? rief ihre Drachendame. *Wie kannst du nicht an seine Berührungen denken?*

Sie unterdrückte ein Seufzen, als ihr mit kaum gebändigter Macht durch den Kopf ging, wie ehrfürchtig er ihre Haut und ihr Haar liebkost hatte. Tatsächlich ihren gesamten Körper, verdammt.

Wie kannst du nicht an diese Stimme denken?

Seine rauchige, an alten Hickory erinnernde Stimme, die ihr ins Ohr geflüstert hatte. *Das ist kein Zufall. Es ist Schicksal.*

Er hatte es so überzeugt ausgesprochen, und Karen hätte es beinah geglaubt. Dass es so was wie Liebe auf den ersten Blick gab. Dass der Mann, dem sie sich innerhalb von zwei Stunden mit jedem Quadratzentimeter ihrer selbst hingegeben hatte, nur ihr Gefährte sein konnte.

Weißt du noch, wie er uns angesehen hat? fuhr ihre Drachendame fort.

In ihren Träumen erlebte sie immer noch seinen verblüfften Blick, das ehrfürchtige Staunen in seinen Augen.

Schicksal, pfiff ihr der Wind ins Ohr.

Ihre Drachendame nickte. *Schicksal.*

Karen schloss die Augen und verlor sich in Erinnerungen. Dann riss sie die Lider auf und ruderte wild mit den Armen, weil sie sich unverhofft an der Dachkante wiederfand.

Mist! Mit einem Ruck bewegte sie den Körper gerade noch rechtzeitig zurück, um nicht ins Leere zu kippen.

Konzentrier dich, verdammt noch mal! Konzentrier dich!

Wenn es Schicksal war, warum war er dann am nächsten Tag nicht aufgekreuzt?

Karen schüttelte den Kopf und blickte in die Tiefe. Die rot beleuchteten Springbrunnen des *Scarlet Palace* plätscherten tänzelnd vor sich hin und schienen sie zu verhöhnen. Der träge Verkehr nahm keinerlei Notiz von ihr. Ein Motorrad brauste die Straße entlang.

Diamant. Rache. Darauf musste sie sich konzentrieren, nicht auf diesen Unfug über Gefährten.

Karen betrachtete mit zu Schlitzen verengten Augen das Penthouse des Casinos. Diesen verdammten Vampiren würde sie zeigen, aus welchem Holz sie geschnitzt war. Was bedeutete, dass sie alles Augenmerk auf ihren Plan bündeln musste. Einen Plan, für den sie nicht wirklich fliegen musste. Nur ein bisschen gleiten. Und das konnte sie. Dabei hatte ihr Großvater sie oft genug angeleitet. Karen schloss die Augen und erinnerte sich an sein ermutigendes Zwinkern, seine aufmunternden Worte.

Du bist eine fantastische Gleiterin, Liebes. Ein richtiger Champion.

Nun ja, *Champion* mochte übertrieben sein, aber es stimmte schon, gleiten konnte sie wirklich.

Sie prüfte erneut die Entfernung, leckte sich einen Finger ab und maß den Wind. Perfekt. Sie konnte es schaffen. Sie *würde* es schaffen. Auch wenn sie noch nie versucht hatte, im Gleitflug einen so breiten oder hohen Abgrund zu überqueren.

Langsam zog sie sich aus, faltete ihre Kleidung zusammen und klemmte sie sich unter einen Fuß. Es wäre eine Verschwendung gewesen, sie bei der Verwandlung zu zerfetzen. Außerdem würde sie die Sachen wieder brauchen, wenn sie das Dach des *Scarlet Palace* erreichte.

Die Nachtluft war kühl. Karen fröstelte, während sie nackt am Rand des Hochhauses stand.

Was bist du denn bitte für ein Drache? spöttelte eine leise Stimme in ihrem Hinterkopf.

Sie straffte die Schultern, holte tief Luft und beschwor ihre innere Drachendame herauf.

Karen hob die Arme und streckte sie aus. Ihr Mund öffnete sich zu einem stummen Schrei, als sich ihr Körper verwandelte. Sie wackelte mit dem Hintern und streckte sich, wurde schier unmöglich groß und schlank. Karen wünschte, ihr menschlicher Körper könnte so sein. Der Wind zerzauste nicht mehr ihr Haar, sondern kitzelte ihre langen Ohren und ihre Schnauze. Und als sie hustete, flog ein kleiner Funke in die Nacht davon. Die Geräusche der Stadt wurden lauter, die Lichter greller. Ein Brennen überzog ihren Körper, als sich ledrige Haut wie ein Panzer darüber ausbreitete.

Sie hob die Flügel an, warf den Kopf zurück und brüllte in die Nacht. *Ich bin eine Drachendame! Hört mich brüllen!*

Einen Moment lang gestattete sie sich, in der schieren Macht ihrer Drachengestalt zu schwelgen. Karen musste sich nicht darüber sorgen, sie könnte Aufmerksamkeit erregen, dafür herrschte zu viel Lärm in der Stadt. Sie konnte es schaffen! Und wie sie es konnte! Sie würde in das Penthouse des *Scarlet Palace* einbrechen und sich an den Vampiren rächen. Sie würde unbemerkt in die Nacht entkommen. Sie würde...

Meinen Gefährten finden und ihn mitnehmen!

Karen zürnte ihrer sturen Drachendame. Das war der heikle Teil der Verwandlung – die dumme Bestie war schwieriger zu kontrollieren, wenn Karen die Kontrolle über ihren Körper an sie abtrat. Aber egal. Damit würde sie sich später auseinandersetzen. Im Augenblick musste sie sich auf Wichtigeres konzentrieren. Zum Beispiel darauf, hundert Meter durch die Luft zu gleiten. Und darauf, weitere Vampire zu meiden. Und darauf, sich endlich für zehn elende Tage der Gefangenschaft zu rächen. Zehn Tage lang hatte sie sich als reinrassige Drachendame ausgegeben, mit zu starkem Blut, um von Vampiren getrunken zu werden.

Sie ergriff das Bündel ihrer Kleidung mit einer Klaue, rückte näher zum Rand und zählte herunter.

Fünf... vier...

Mann, ging das tief nach unten.

...drei...

Gott, ihre Schwester hatte recht. Karen war wirklich verrückt.

...zwei...

Sie beugte sich vor und breitete die Flügel weit aus.

...eins!

Mit einem schweren Schluchzen stieß sie sich in die Luft ab.

Kapitel 2

Eine Schrecksekunde lang dachte Karen, sie würde wie ein Stein zu Boden stürzen. Ein splitternackter Stein, der auf dem Bürgersteig zerschellen und auf den Titelseiten der Zeitungen landen würde. Sie konnte die Schlagzeilen vor sich sehen: *Verrückte Neunundzwanzigjährige stirbt bei versuchtem „Drachenflug"!*

Karren biss die Zähne zusammen, versteifte die Flügel – und Wunder, oh Wunder, sie erwischte einen Aufwind von den aufgeheizten Bürgersteigen unter ihr, der für einen Gleitflug genügte. Kurz schwankte sie nach rechts und kippte nach links, bevor sie sich einpendelte und stabilisierte.

Ich kann fliegen! Ich kann fliegen! jauchzte ihre Seele. *Ich kann es!*

Der Wind kitzelte die glatten Unterseiten ihrer Flügel und kühlte ihren Bauch.

Siehst du? Man muss nur daran glauben, kam selbstgefällig von ihrer Drachendame.

Sie schalt sich dafür, dass sie sich so lange nicht getraut hatte, es zu versuchen. Ihre Schwester Kaya hatte recht. Es war nichts weiter dabei. Da sie diesen Wind erfasst hatte, erschien es ihr ganz leicht. So natürlich und mühelos, dass sie sogar in Versuchung geriet, mit den Flügeln zu schlagen und richtig zu fliegen zu versuchen. Wenn sie es öfter übte, könnte sie es vielleicht wirklich lernen. Vielleicht war sie als Drache ja doch nicht völlig nutzlos.

Du musst glauben, pflegte ihr Großvater zu ihr zu sagen. *Woran auch immer du glaubst, das kannst du auch.*

Tausend berauschende Bilder gingen ihr durch den Kopf, während sie über die blinkenden Lichter und Springbrunnen schwebte, die sie anzufeuern schienen. Sobald sie ihren Plan durchgezogen hätte, würde sie womöglich geradewegs zur Pazifikküste reisen. Oder besser noch, an die Ostküste – an einen langen, weichen Strand nicht weit von Kitty Hawk. Dort würde sie fliegen und fliegen und fliegen. Wie einst die Gebrüder Wright würde sie mit niedrigen, kurzen Flügen beginnen und sich hocharbeiten – im wahrsten Sinn des Wortes. Sie würde sich selbst in flugtaugliche Form bringen. Genau das würde sie tun. Sie würde alles lernen, was bei ihrer Schwester so einfach aussah, und...

Die leichte Wüstenbrise stockte. Prompt kippte Karen nach rechts und verlor an Höhe.

„Scheiße!"

Plötzlich befand sich das Dach des nächsten Gebäudes nicht mehr unter ihrer Position, sondern darüber. Und verdammt – sie steuerte geradewegs auf die Penthouse-Fensterfront zu. Der Plan sah vor, sich rein und mit ihrer Beute wieder raus zu schleichen – und nicht etliche Quadratmeter Glas beim armseligsten Einbruchsversuch der Welt zu zerdeppern. Der Sicherheitsdienst würde sich im Nu auf sie stürzen...

Bei dem doppelbödigen Gedanken erhitzte sich ihre Haut. Falls ein bestimmter Bär unter den Sicherheitsleuten auftauchte... fände sie es gar nicht so schlecht, wenn er sich auf sie stürzte.

Verdammt noch mal, Karen! brüllte sie sich innerlich an. *Lass die versauten Gedanken und konzentrier dich aufs Fliegen!*

Aufs Gleiten, korrigierte ihre Drachendame schnaubend.

Wie auch immer. Karen spannte jeden Muskel an, als sie dem Gebäude näher kam. Und näher...

Oh Gott. Sie würde abstürzen.

Jetzt konzentrier dich endlich!

Mit zusammengekniffenen Augen heftete sie den Blick auf die Metallverkleidung am oberen Rand. Nur ein bisschen höher... ein bisschen näher...

Mittlerweile konnte Karen direkt in das opulent ausgestattete Wohnzimmer sehen – und verflucht, wenn sie sich nicht vorsah, würde sie auf dem riesigen Couchtisch aus Marmor landen statt auf dem weinroten Sofa voller Kissen derselben satten Farbe. Die Kristallvasen mit Blumen würden umherfliegen – mit schwarzen Blumen, weil Vampire alles nur in Schwarz und Rot dekorierten. Wie sie ihr Glück kannte, würde sie eingekeilt zwischen der Replik einer griechischen Statue in der Ecke und den deckenhohen, fast eine gesamte Wand einnehmenden Lautsprechern enden. Der Sicherheitsdienst würde hereinstürmen, gefolgt von den Vampiren, und man würde sie gefangen nehmen. Schon wieder.

Sie verzog die Lippen, während sie um einen weiteren Millimeter Höhe kämpfte.

Woran auch immer du glaubst... Wieder hallte die Stimme ihres Großvaters durch ihren Kopf.

Karen raste weiter und hatte einige Mühe, an irgendetwas anderes als daran zu glauben, dass ihr Unterfangen eine schlechte Idee gewesen war. Ihre Schwester hatte recht mit dem Vorwurf, Karen wäre eigensinnig, impulsiv und naiv.

Sie legte die langen Drachenohren flach an und rang weiter um jeden Zentimeter Luftraum.

Komm schon. Komm schon...

Näher...

Sie legte die Krallen am Bauch an, um stromlinienförmiger zu werden, und ihr Blickwinkel auf das Penthouse veränderte sich leicht.

Sie gewann an Höhe! Sie würde es schaffen!

Das Gebäude kam näher und näher, befand sich nur noch wenige Meter entfernt, aber verdammt, es würde knapp werden. Würde sie gegen die Seite klatschen oder zum flachen, sicheren Dach aufsteigen?

Flieg! Flieg! Flieg! dachte sie halb anspornend, halb betend.

Streng genommen schweben wir nur, kommentierte ihre Drachendame, die völlig unbeeindruckt vom Ernst der Lage blieb.

Dann schweb eben, verdammt! schrie Karen. *Schweb!*

Sie reckte die Nase nach vorn und zog den Bauch ein. Ihre Haut schrammte nur knapp an der Kante des Gebäudes vorbei, aber sie schaffte es, und plötzlich befand sich der Boden nicht mehr dreißig Stockwerke unter ihr, sondern nur Zentimeter.

Sie segelte zu knapp über das Dach, um ordentlich zu landen. Stattdessen stürzte sie, überschlug sich und prallte krachend gegen einen Lüftungskanal.

Heftig keuchend verharrte sie und lauschte auf einen Alarm. Während sie zu den Sternen aufschaute, fragte sie sich, wie sie diesen Plan je für eine gute Idee hatte halten können. Gut, dass keiner ihrer Verwandten miterlebt hatte, wie sie gleich einem tollpatschigen Albatros statt einer mächtigen Drachendame gelandet war. Und verdammt, die Wahrheit schmerzte – mehr als die Schrammen und Kratzer an ihrem Körper. Sie konnte nicht fliegen. Sie konnte ja kaum gleiten. Was bildete sie sich eigentlich ein, dass sie hier vollbringen könnte?

Äh, Rache? versuchte es ihre Drachendame.

Seufzend klopfte sie den Staub von sich ab. Richtig. Rache.

Sie hob die Drachenschnauze, schnaubte stur in die Nacht und verwandelte sich zurück in menschliche Gestalt. Ihre scharfen Krallen wurden runder und letztlich zu Fingern. Ihre zähe Haut wurde weicher, ihr Haar wehte in der leichten Brise. Der Horizont verdunkelte sich ein wenig, als auch ihre Sicht wechselte. Ihre Schultern pochten von der Anstrengung, die Flügel ausgestreckt zu halten.

Sie schaute zurück zu dem Dach, von dem sie gestartet war. Es erschien ihr weit, weit entfernt. Ein Hochgefühl brandete wie eine Flutwelle durch Karen. Sie hatte es geschafft!

Mit neuer Entschlossenheit schnappte sie sich das Kleiderbündel, das bei der unsanften Landung weggekullert war, zog sich hastig an und marschierte zur Zugangstür des Daches. Unterwegs sprach sie sich Mut zu.

Herzufliegen, war der schwierigste Teil. Der Rest wird ein Kinderspiel.

Die Tür erwies sich natürlich als verschlossen, was jedoch nicht lange so blieb. Grinsend erinnerte sich Karen daran zurück, wie ihr Cousin Rudy ihr einen praktischen Trick zum Knacken eines Schlosses beigebracht hatte. Dann zog sie die Tür auf und spähte in das dunkle Treppenhaus hinab. Ihr Körper versteifte sich, als ihr von drinnen das leichte Aroma von Ammoniak entgegenwehte. Abgesehen davon besaßen Vampire keinen Eigengeruch, der sie verriet.

Alles ganz einfach, belog sie sich und rückte langsam vor.

Die nächtliche Brise schien zu grinsen, als sie die Tür zu-
wehte und Karen in Dunkelheit tauchte.

„So, so einfach", flüsterte sie bei sich. Sie würde im
Handumdrehen wieder draußen sein. Richtig?

Kapitel 3

Tanner stellte sein Glas wuchtig auf den Tresen und schaute zur Decke, als er ein ungewisses Gefühl von oben wahrnahm. Er zupfte an seinem Kragen. Verdammt, war es im Casino heiß. Ganz zu schweigen von laut, stickig und viel zu hell.

Ich hasse Vegas, brummte sein innerer Bär.

Das konnte er laut sagen. Der Ort hatte rein gar nichts Natürliches an sich. Ohne das Motorrad, mit dem Tanner von Zeit zu Zeit in die umliegende Wildnis fliehen konnte, würde er durchdrehen. Aber sein Clan hatte ihn aus einem bestimmten Grund nach Las Vegas geschickt, also musste er seine Aufgabe erledigen – bevor er schleunigst nach Hause zurückkehren und die Heimat nie wieder verlassen würde. Bärengestaltwandler gehörten in die Wälder der Bitterroot Mountains, nicht in einen Anzug mit Krawatte.

Eine zierliche Hand glitt über seine Schulter und streichelte seinen Kragen, als ihm eine sinnliche Stimme ins Ohr säuselte. „Hi, Tanner.“

Er wich zurück und räusperte sich. „Hi, Amber.“

„Hi, Süßer.“ Das Showgirl grinste und beugte sich für einen Kuss vor.

Tanner drehte sich gerade noch rechtzeitig so weg, dass sie seine Wange traf, nicht seine Lippen. Mit einer Hand hielt er sie am Arm gerade weit genug von sich entfernt, dass die künstlichen Möpse nicht gegen seine Brust stießen. Mit der anderen Hand schob er die Straußenfeder beiseite, die seinen Kopf kitzelte. Ambers Kopfschmuck strotzte davon. Die Federn ragten auf wie eine knallige Krone. Alle extra-groß – im Gegensatz zu den winzigen Fetzen, die kaum ihr intimsten Stellen bedeckten.

„Hi", sagte er mit tonloser Stimme.

Es verhielt sich keineswegs so, dass er Amber nicht mochte. Nur mochte er sie nicht *auf diese Weise*. Wie so viele der jungen Frauen der Revue des *Scarlet Palace* hatte sie es schwer und suchte verzweifelt nach einem Weg, voranzukommen. Obendrein hatte sie ein Kind zu versorgen. Soweit er gehört hatte, schickte sie den Großteil des von ihr verdienten Gelds nach Oklahoma und kam damit für das Kind auf, um das sie sich nicht selbst kümmern konnte.

Bei dem Gedanken weinte sein Herz. Kinder gehörten zu ihren Müttern. Familien gehörten zusammen. Und Väter sollten auf jeden Fall bleiben, um für ihre Kinder zu sorgen.

Er sah sich in der Bar um und schüttelte den Kopf. Die Menschen könnten noch das eine oder andere von Bären lernen.

Natürlich waren nicht alle Anwesenden Menschen. Zwei der Kellnerinnen – die mit den langen Beinen, kurzen Röcken und wippenden Schritten – waren Gazellengestaltwandlerinnen, und der Kassierer mit beginnender Glatze und Knopfaugen war eine Hyäne. Bei der Arbeit blieben sie in menschlicher Gestalt, aber er erkannte es am Geruch. Der schwule Barkeeper im Piratenlook war ein Einhorngestaltwandler, der große Kerl mit der lockigen Haarpracht ein Bison.

Tanner seufzte. In seinen zwei Monaten in Vegas hatte er bereits so ziemlich jede Art von Gestaltwandlern gesehen. Und wenngleich jeder von ihnen eine Geschichte hatte, war ihm noch niemand seinesgleichen begegnet. Ja, vereinzelt gab es ein paar Bären, aber keine aus Idaho, und keinen schien zu stören, wie verrückt es in Las Vegas zuging.

Vor allem an diesem Ort. Dem *Scarlet Palace*. Warum zum Teufel arbeitete er für ein von Vampiren betriebenes Casino?

Er schüttelte den Kopf über sich, als ihm der Grund einfiel. Er half damit seinem Bärenclan. Deshalb tat er es. Alles war sorgfältig geplant worden – ein Insiderjob, um an das Geld zu kommen, das sie so dringend brauchten, um ihre Heimat vor Vampiren zu schützen. Und er war mit der Durchführung betraut worden.

Amber rückte näher. Prompt versteifte sich sein Körper – und nicht auf gute Weise. Wenn sie nur verstehen könnte, dass er um ihrer selbst willen auf sie aufpasste – und nicht, weil er die einzige Belohnung wollte, die sie zu bieten hatte.

„Wie wär's mit uns beiden?", gurrte sie ihm ins Ohr.

Wie teilte man einer Frau mit, dass man kein Interesse hatte, ohne sie zu verletzen? Wie teilte man ihr mit, dass man eine andere liebte?

„Hör mal, Amber..." Abrupt schloss er den Mund. Oha. Hatte er sich gerade gesagt, dass er jemanden liebte? Er konnte nicht in die Frau verliebt sein, die er nicht aus dem Kopf bekam. Nur weil er vor zwei Wochen die schönste Nacht seines Lebens hatte...

Sein Bär seufzte. *Vor einer Woche, fünf Tagen und zehn Stunden.*

Tanner schüttelte den Kopf. Der Bär verwechselte Lust mit Liebe. Er kannte die Frau ja kaum.

Ich liebe meine Gefährtin, säuselte sein Bär verträumt. Das Tier hatte sich halb in den Winterschlaf begeben, um sich vom Pomp und Glitter von Las Vegas abzukapseln. Außer vor zwei Wochen. Da war es mit Gebrüll daraus erwacht und hatte steif und fest behauptet, die Frau, die er gerade kennengelernt hatte, wäre seine Gefährtin.

Es mutete geradezu lächerlich an, wie schnell sein Bär davon überzeugt gewesen war.

Wie sie uns anlächelt. Wie sich ihr Herzschlag abwechselnd beschleunigt und verlangsamt. Wie ihre Augen glänzen... Sie ist unsere Gefährtin.

Nicht unsere Gefährtin, beharrte Tanner. *Außerdem würde sie nur unseren Plan gefährden. Es ist gut, dass sie gegangen ist.*

Obwohl er die Worte lediglich dachte und nicht aussprach, konnte er kaum verhindern, dass sich seine innere Stimme überschlug. Ähnlich war es ihm fast unmöglich gewesen, sie bei ihrem zweiten Date zu versetzen. Doch zu ihrer eigenen Sicherheit musste er sich von ihr fernhalten.

Sicherheit. Sein Bär nickte. *Sie ist jetzt an einem sicheren Ort. Aber wenn wir unsere Aufgabe erledigt haben...*

Tanner verzog das Gesicht. Manchmal fühlte es sich so an, als würde er damit nie fertig werden.

...wenn wir sie erledigt haben, fuhr sein Bär fort, *finden wir sie und machen sie zur unseren.*

Wenn es nur so einfach wäre. Die Mission, zu der man ihn entsandt hatte, bestand darin, fast eine Million Dollar von den Vampiren des *Scarlet Palace* zu stehlen. Das allein würde schwierig genug werden. Und danach die Frau zu finden, nach der er sich sehnte, würde wie die Suche nach der berühmten Nadel im Heuhaufen sein. Sie könnte überall stecken...

Und überhaupt war diese Frau nicht gut für ihn. Sobald er mit Vegas fertig wäre, würde er nach Hause zurückkehren und mit einer netten Bärin aus seinem Clan häuslich werden, nicht mit einem Temperamentbündel mit spitzer Zunge.

Unwillkürlich grinste er, als er sich an einige ihrer Sprüche zurückerinnerte.

Du siehst blass aus, hatte er sie zu einem Vampir sagen gehört. *Warum gehst du nicht ein bisschen in die Sonne?*

Als er sie in jener unter den Sternen verbrachten Nacht gefragt hatte, ob der Boden zu hart wäre, hatte sie nur geantwortet: *Ich kann ihn kaum fühlen.* Dann hatte sie selbstzufrieden gegrinst. *Verstanden?*

Ja, das hatte er. Alles, was sie sagte oder tat, fuhr ihm direkt ins Herz.

„Da ist jemand verliebt." Randy, der schwule Barkeeper, bedachte ihn mit einem schmunzelnden Blick.

Tanner schaute finster drein und sah auf die Armbanduhr. Er war nicht verliebt. Aber fast zu spät dran für seine zweite Runde durch das Casino. Zeit, sich in Bewegung zu setzen.

„Sehen wir uns bald, Süßer?" Amber klammerte sich an seinem Ärmel fest.

Er entzog sich ihr und richtete seine Krawatte. „Klar."

Tanner spürte, dass Amber auf seinen Hintern glotzte – Amber oder Randy. Oder schlimmer noch, beide. So schnell er konnte, bog er um die Ecke und kniff unterwegs die Augen zusammen. Der Saal mit den Spielautomaten wurde von den grellsten, hysterischsten Lichtern im ganzen Casino beleuchtet. Die damit einhergehenden Geräusche waren genauso schlimm – das Knattern der Hebel der Spielautomaten, das Klimpern und Klackern der rotierenden Walzen, die schrillen Alarme, die gelegentlich einen Gewinn verkündeten.

„Komm schon. Komm schon…" Ein Igelgestaltwandler mit beginnender Glatze zog an einem Griff und murmelte vor sich hin, während Symbole von Äpfeln und Orangen vor seinen Augen vorbeisausten.

„Nur noch einmal", sagte ein junger Mann zu seiner Freundin und steckte einen weiteren Vierteldollar in den Schlitz eines anderen Automaten.

Tanner schüttelte den Kopf. Wann würden die Leute es lernen? Glücksspiel lohnte sich nie.

„Meine Glücksnacht", sagte ein tätowierter Mann und grinste den Waschbärgestaltwandler mit den glasigen Augen an der Maschine neben ihm an. Der Waschbär trat zwar in menschlicher Gestalt auf, dennoch schimmerte seine wahre Natur deutlich durch. Unter den Augen prangten dicke dunkle Ringe, und seine Nase zuckte.

Tanner suchte im Gesicht des Menschen auf Anzeichen von Verblüffung oder Erkennen des Gestaltwandlers, aber der Zauber hielt stand. Die Vampire, denen das Casino gehörte, beschäftigten mehrere Hexen. Sie wirkten gerade genug Magie, dass die menschlichen Gäste es nicht bemerkten, wenn den übernatürlichen Wesen unter ihnen ein Ausrutscher unterlief.

Tanner spähte zur nächsten Überwachungskamera. Die Bilder wurden direkt in einen Kontrollraum übertragen. Dort arbeiteten ein Vampir und eine Hexe. Letztere behielt den im Casino verteilten Tarnzauber im Auge. Tanners Miene verfinsterte sich. Noch weniger als einem Vampir konnte man nur einer Hexe vertrauen, und er verabscheute beide.

Warum zum Teufel also arbeitete er für die Blutsauger, denen der Schuppen gehörte?

Weil ich beobachte. Und abwarte. Die Worte der Clanältesten hallten in seinem Kopf wider. *Du musst genau den richtigen Moment planen, um zuzuschlagen.*

Wieder sah er auf die Armbanduhr – diesmal nicht auf die Zeit, sondern auf das Datum. Wenn alles nach Plan verliefe, würde er seine Chance in achtundvierzig Stunden bekommen.

Alles war bis ins kleinste Detail vorbereitet. Solange sich nichts Unerwartetes ergab, würde er seine Mission endlich erfüllen.

Das Problem war nur, dass er sich in Las Vegas aufhielt, wo Unerwartetes so ziemlich zum Alltag gehörte.

Er bahnte sich den Weg vorbei an den Menschenmassen bei den Spielautomaten und ging wachsam weiter in den Saal mit den Roulette-Tischen. Die Vampire hatten ihn als Sicherheitskraft eingestellt. Er durfte sich auf keinen Fall anmerken lassen, dass er Hintergedanken hatte. Nicht bis zu dem Moment, in dem er seinen sorgfältig ausgearbeiteten Plan in die Tat umsetzen würde.

„Rien ne va plus." Eine silberne Kugel blitzte auf, als der Croupier am nächsten Tisch zu den letzten Einsätzen aufrief.

Ein halbes Dutzend hoffnungsvoller Gesichter verfolgte den Weg der im Kreis rollenden Kugel. Tanner verkniff es sich, fassungslos den Kopf zu schütteln. Wussten die Leute nicht, dass die Tische manipuliert waren?

Der Croupier grinste und zeigte dabei Fänge, die keiner der Menschen bemerkte. Ein weiterer Vampir. Tanner ging durch den Kopf, dass er sich nie an die Blutsauger gewöhnen und niemals einen für harmlos halten würde. Nicht mal diesen – einen Vampir weit unten in der örtlichen Hackordnung.

Er schlängelte sich durch den Saal, achtete dabei auf die Gäste, die Croupiers, das Bedienpersonal.

„Jeder ist verdächtig", hatte der große Boss Igor Schiller zu ihm gesagt, als er Tanner eingestellt hatte.

Damals musste er alle Selbstbeherrschung aufbieten, um nicht mit etwas herauszuplatzen wie: *Angefangen bei dir.*

Körperlich fürchtete er sich nicht vor Vampiren. Zum einen wären schon mehrere davon nötig, um einen Bären seiner Größe zu überwältigen. Zum anderen galt Tanner für die Blutsauger als tabu.

„Firmenpolitik", hatte Schiller ihm erklärt. „Von Mitarbeitern wird nicht genascht."

Als ob er sich dadurch besser fühlte. Aber er hatte genickt und mitgespielt, weil er es musste. Für Schiller war er nur ein weiterer großer, dummer Bär, der einen Job als Sicherheitsmitarbeiter suchte. Und es hatte funktioniert. Tanner war schnell in genau die Position aufgestiegen, die er brauchte, um über die Bühne zu bringen, was ihm vorschwebte. Die Vampire hatten sich hinterhältig die Rechte an einem Stück unberührter Wildnis erschlichen, das an den Besitz seines Clans grenzte. Daher fand Tanner es nur fair, dass er mit einem hinterhältigen Plan das Land ein für alle Mal für seinen Clan sichern wollte.

Genau das würde er in achtundvierzig Stunden tun. *Wenn* alles wie geplant verliefe. *Wenn* er kühlen Kopf bewahrte. *Wenn* er nicht den Verdacht der Vampire erregte.

Sein Bär schüttelte den Kopf. *Das sind verdammt viele Wenns.*

Zustimmend kratzte er sich am Ohr. Bären waren risikoscheu und planten alles akribisch. Das musste man auch, wenn man sechs Monate im Jahr Winterschlaf halten wollte. Tanner tat es zwar nie, aber es lag ihm im Blut.

Ein Bär, der vorausplant, kommt auch voran, pflegte sein Vater zu sagen.

Tatsächlich sagte das so ziemlich jeder Bär in den Rocky Mountains. Und wenn rebellische Jungspunde je darüber klagten, das Leben wäre vorhersehbar, langweilig oder öde, wurden sie von den Älteren prompt in die Schranken gewiesen.

Vorhersehbar bedeutet, dass Pläne gut waren. Vorsichtig bedeutet, dass man sich nie verbrennt. Langweilig bedeutet sicher.

Und sie hatten recht, wie jeder Bär früher oder später lernte. Tanner jedenfalls hatte das. Er konnte es kaum erwarten, nach Hause zurückzukehren und wieder ein beschauliches Leben zu führen.

„Die Glückszahl sechzehn!" Ein Mann streckte triumphierend die Faust hoch, als die Roulette-Kugel zum Liegen kam.

Tanner nickte dem Sicherheitsmitarbeiter in der Ecke grüßend zu und ging weiter in zum Blackjack-Raum.

Alles wie üblich? fragte er den Panthergestaltwandler mit den geschickten Händen, der in der hinteren Ecke Karten austeilte. Er übertrug die Frage direkt in seinen Kopf.

Dex achtete darauf, ihn nicht direkt anzusehen, als er mit einem verhaltenen Nicken antwortete. *Noch ein paar Tage mit diesem Mist, dann sind wir weg.*

Tanner näherte sich Dex' Tisch nicht, weil die Vampire überaus wachsam waren. Wenn sie Wind davon bekämen, dass der Panther und er etwas im Schilde führten, wären sie beide geliefert.

Noch achtundvierzig Stunden. Er nickte.

Der Countdown beginnt, gab Dex zurück, als er eine Karte aufdeckte.

„Ass. Einundzwanzig", verkündete Dex den Gästen an seinem Tisch.

„Scheiße!" Der Mann auf dem mittleren Platz schlug auf den Tisch und warf seine Karten weg.

„Sir", murmelte Dex warnend, während er einen Haufen Chips einholte.

„Was? Ich habe diesen Mist satt", fuhr der Verlierer fort und sprang auf.

Zwei Sicherheitskräfte – Menschen – rückten an und flankierten den Mann. Große, wie Footballprofis gebaute Typen, die genauso hoch aufragten wie der ähnlich kräftige Gast.

„Was halten Sie davon, wenn Sie mit uns kommen?", schlug einer der Sicherheitsleute vor.

Der Mann wurde nur noch wütender. „Ich schwöre, hier wird gemogelt. Ich hab's satt, betrogen zu werden!"

Tanner seufzte. Nein, an den Blackjack-Tischen war nichts manipuliert. Sie hatten nur ausgesprochen geschickte Dealer wie Dex – dem Komplizen, von dem Tanners gesamter Plan abhing.

Die Sicherheitskräfte packten den Mann an den Armen, doch er riss sich von ihnen los. Aus seinen Ohren kräuselte sich praktisch Dampf vor lauter Zorn, als er die Schultern straffte und die Hände in Angriffspose hob.

„Versucht ihr, mich einzuschüchtern? Ich kann Karate! Und Jiu-Jitsu!"

Die Gäste in unmittelbarer Nähe wichen zurück, während sich andere in Erwartung eines Kampfs in die Richtung umdrehten.

Tanner ging dazwischen und bedachte den Mann mit einem finsteren Blick.

„Ich kann es mit dir aufnehmen", sagte der Mensch, dann stockte er, als ihm klar wurde, dass Tanner die beiden anderen um einige Zentimeter überragte. „Ich kann... äh, ich...", stammelte er und fuchtelte mit den Händen.

Du kannst was? vermittelte Tanner mit den Augen. Er straffte die Schultern so, dass sie den Stoff seines Anzugs spannten.

Als sich die Augen des Mannes weiteten, hätte Tanner beinah geschmunzelt. Er hätte zu gern dessen Reaktion darauf gesehen, wenn er seinen inneren Bären herausließe, aber natürlich ging das nicht. Außerdem brauchte er die zusätzlichen Zentimeter seiner tierischen Gestalt nicht. Sein menschliches Erscheinungsbild genügte.

Der Mann ließ die Schulter hängen und schlug die Augen nieder, eine Gestik, die Tanner schon oft erlebt hatte. Sogar zu Hause bei den Bären seines Clans regelmäßig. Sein Cousin mochte derjenige sein, der eines Tages das Amt des Alphas übernehmen würde, doch Tanner verkörperte das Kraftpaket, auf das sich alle verließen, wenn es etwas zu erledigen galt.

„Ich gehe jetzt einfach", murmelte der schlechte Verlierer und folgte der Geste des Sicherheitspersonals in Richtung der Türen des Casinos.

Dex eröffnete ein frisches Blatt und breitete es auf dem Blackjack-Tisch aus. „Nächste Runde, meine Damen und Herren. Nächste Runde."

Und einfach so ging es wieder wie üblich weiter. Zumindest für etwa dreißig Sekunden – bis der schrille Ton eines Feueralarms aus Tanners Ohrstöpsel ertönte.

Er zuckte zusammen, tippte darauf und entfernte sich in einen Betriebsgang außer Sichtweite der Gäste.

„Alarm bestätigen", blaffte er in das winzige Mikrofon.

„Feueralarm im siebenundzwanzigsten Stock", meldete ein Wachmann. „Moment – im sechsundzwanzigsten auch."

Tanner schaute auf, und aus irgendeinem Grund schlug sein Herz vorahnend schneller. Er runzelte die Stirn. Was jetzt?

Kapitel 4

Füße stampften den Flur entlang, als die Krisenmannschaft des Casinos tätig wurde. An einem von Vampiren betriebenen Ort galt ein Anruf bei der Polizei oder Feuerwehr immer als letzter Ausweg.

„Was sagt Code Blue?", verlangte Tanner zu erfahren.

Code Blue war ihre Bezeichnung für Edwina, die alternde Hexe mit dem übel gefärbten Haar. Sie saß im Kontrollraum und behielt das Casino zusammen mit dem Sicherheitspersonal im Auge. Zumindest so gut, wie man es von einer alternden Hexe erwarten konnte, während sie mit klappernden Nadeln vor sich hin strickte.

„Ihr zufolge fällt das Feuer unter Typ vier. Sie versucht gerade, es zu bekämpfen."

Tanner legte die Stirn in Falten. Typ vier stand für einen durch übernatürliche Ursachen entstandenen Brand, nicht etwa durch eine fallen gelassene Zigarette oder einen Kurzschluss. Und dass die Hexe ihn zu bekämpfen *versuchte*, bedeutete höchstwahrscheinlich, dass es ihr misslingen würde. Weil gute Hexen schwer zu finden waren, worüber der große Boss regelmäßig klagte.

Tanner steuerte auf das Treppenhaus zu, eilte die Stufen hinauf und holte die Krisenmannschaft schnell ein. Zehnter Stock... vierzehnter... sechzehnter...

„Eindringling! Eindringlingsalarm!", ertönte eine neue Meldung in seinem Ohr.

Ein Feuer und ein Eindringling? Was ging bloß vor sich?

„Welche Etage?"

„Achtundzwanzigste."

Das Penthouse? Welcher Dieb wäre verrückt genug, sich in die Privatwohnung eines Vampirs zu schleichen? Und nicht bloß irgendeines Vampirs, sondern Igor Schillers, der als der hinterhältigste, blutrünstigste und bösartigste von allen galt. Der Kerl spielte mit Menschen wie eine Katze mit ihrer Beute. Sogar Tanner bekam in seiner Nähe eine Gänsehaut. Gut, dass sich Schiller gerade bei einer Gala aufhielt. Tanner konnte es nicht gebrauchen, sich gleichzeitig mit einem Eindringling und Igor Schiller herumzuschlagen.

„Mannschaft sechs zum Feuer", befahl er dem Wachmann. „Mannschaft vier zum Penthouse."

„Schon dabei", meldete der Mann zurück.

Tanners Haut kribbelte warnend, als er sich dem Penthouse näherte. Er fragte sich, wer der Eindringling sein mochte. Vielleicht ein feindlicher Vampir? Irgendein anderes übernatürliches Wesen? Aber was gab es in Schillers Apartment außer echt miesen Kunstwerken schon zu stehlen?

Auf der Penthouse-Ebene riss er die Brandschutztür auf. Kaum hatte er den Gang betreten, hörte er eine Frau brüllen. Sie klang unheimlich aufgebracht. Wütend. Stinksauer. Wozu sie allen Grund hätte, wenn es Elvira wäre, Schillers blutsaugende Gefährtin, die sich das Penthouse mit Tanners Boss teilte.

Aber es war nicht Elvira. Die Stimme dieser Frau klang tiefer. Kräftiger. Rauchiger. Die Stimme dieser Frau drang tief in seine Seele und wärmte jeden Tropfen seines Bluts, statt es zu Eis erstarren zu lassen.

Ungläubig versteifte er den Körper, als er sie erkannte. Unmöglich. Das konnte nicht sein.

„Nimm die dreckigen Hände von mir!", schrie die Frau und ließ den Bisongestaltwandler des Sicherheitspersonals, der gerade um eine Ecke bog, heftig zusammenzucken. Tanner blieb wie angewurzelt stehen und hoffte inständig, dass als Nächstes nicht die Person auftauchen würde, die er glaubte. Eigentlich sollte sie inzwischen meilenweit von Las Vegas entfernt sein.

„Oder sollte ich lieber sagen, die dreckigen Hufe? Weg da!", blaffte die Frau.

Ein weiterer Wachmann erschien und zog jemanden am Arm mit.

„Weißt du, ich kann allein gehen."

Der dünnere Arm, den der Wachmann festhielt, riss sich los, und die Frau geriet mit stolz erhobenem Haupt in Sicht.

Sie bewegte sich mit erhabenen Schritten, wie eine Königin. Nicht auf versnobte, neureiche Weise wie Elvira, sondern mit unaufdringlicher, altmodischer, völlig natürlicher Klasse. Ihr kastanienbraunes Haar schimmerte rötlich-schwarz. Selbst die Neonlichter konnten der satten Farbe nicht ihren Glanz rauben. Ihre Lippen waren voll und üppig, ihre Wangen gerötet.

Gefährtin! Sein innerer Bär hüpfte freudig auf und ab. *Gefährtin!*

Karen. Gott, sie war es wirklich. Die Frau, die er vor zwei Wochen kennengelernt hatte...

Vor einer Woche, fünf Tagen und elf Stunden, stellte sein Bär zerstreut richtig.

Die Frau, an die er in ihrer ersten gemeinsamen Nacht sein Herz verloren hatte. Ihrer einzigen gemeinsamen Nacht, denn danach war alles schiefgegangen. Schiller hatte ihn losgeschickt, um eine ungeplante Lieferung neuer Chips zu überwachen. Bei der Rückkehr musste Tanner feststellen, dass Karen von den Vampiren gefangen genommen worden war. Eine Woche lang hatte er haareraufend versucht, einen Weg zu finden, wie er sie befreien könnte, ohne jede Hoffnung zu zerschlagen, an das von seinem Clan so dringend benötigte Geld zu gelangen. Karens Schwester war ihm zuvorgekommen. Und er hatte gedacht, damit wollte ihm das Schicksal versichern, dass sie nicht seine Gefährtin war.

Mittlerweile war er sich nicht mehr so sicher.

„Ich sagte, du sollst mich loslassen!" Karen zuckte von dem Wachmann weg und drehte sich in Tanners Richtung.

Gott, war sie wunderschön, wenn sie wütend war. Fast genauso wunderschön, wie wenn sie erregt war. Er wusste es. Weil er sie schon so erlebt hatte. Sie festgehalten hatte. Sie berührt hatte, bis sie einen so explosiven Höhenflug erlebte, dass auch er die Kontrolle verlor und ihm allerlei Mögliches und Unmögliches durch den Kopf gegangen war. Zum Beispiel, sich auf den ersten Blick in eine Wildfremde zu verlieben. Und dabei zu wissen, dass sein Leben nie mehr dasselbe sein würde. Und sich zu fragen, ob sie ihn genauso sehr wollte wie er sie. Nämlich für immer.

Kaum hatte sie ihn erblickt, verengte sie die Augen zu Schlitzen und blieb abrupt stehen.

„Du.“

Keine Begrüßung. Eine Anklage, begleitet von einigen knisternden Funken um ihre Nase und ihren Mund.

Ja, seine temperamentvolle Drachendame war in der Tat unheimlich wütend.

Um ein Haar wäre ihm ihr Name herausgerutscht. Und genauso knapp stand er davor, hinüberzugehen und den Wachmann von ihr wegzustoßen. Aber er bremste sich gerade noch rechtzeitig. Er durfte sich nicht anmerken lassen, dass er Karen kannte. Nicht hier in der Höhle des Löwen. Er verkörperte ihre einzige Chance, und wenn er zu einem Verdächtigen wurde, wäre diese Chance dahin.

Mist. In dem Fall wäre auch seine Chance dahin, seinen Plan umzusetzen. Er würde seinen Clan für eine Fremde im Stich lassen.

Keine Fremde! protestierte sein innerer Bär. *Meine Gefährtin!*

Mit geballten Fäusten kämpfte er mit dem Tier um die Kontrolle. Er musste mit Hirn handeln, nicht mit Herz.

Aber verdammt, sein Herz war so bereit für einen Kampf.

Ihre beste Chance besteht darin, dass wir kühlen Kopf bewahren, beschwichtigte er seinen inneren Bären. *Tatsächlich ist das ihre einzige Chance.*

Mit einem frustrierten Brummen zog sich das Tier widerwillig zurück.

Tanner versuchte, über die Augen mit Karen zu kommunizieren und ihr etwas direkt in den Kopf zu vermitteln – *Karen! Bitte spiel einfach mit!* Aber er erntete von ihren zu Schlitzen verengten Augen nur einen vernichtenden Blick.

„Ich kann nicht glauben, dass du für die Vampire und ihre Idiotentruppe arbeitest.“

Schnell unterbrach er sie und wandte sich schroff an den Wachmann neben ihr. „Wo war sie?"

„Im Apartment vom Boss. Damit." Der Wildschweingestaltwandler hielt etwas hoch, das blauschwarz das Licht reflektierte.

Tanner stockte der Atem, bevor ihm zwei Worte herausrutschten. „Der Blutdiamant."

Igor Schiller hatte den Edelstein unlängst erworben. Elvira hatte ihn die ganze Woche lang protzig zwischen ihren dicken Möpsen zur Schau gestellt. In der ganzen Stadt wurde immer noch darüber geredet – siebzig Karat, behaupteten manche, und ein Vermögen wert. Seine mysteriöse Herkunft schürte den Hype nur zusätzlich – die einen hielten ihn ursprünglich für den Diamanten eines indischen Paschas, die anderen für die Mitgift einer afrikanischen Prinzessin. In der Gestaltwandlerwelt wiederum kursierte die Geschichte, die einzigartige Färbung stammte vom Blut eines Drachen.

Tanner schaute von dem Edelstein zu Karen, deren Augen in derselben Schattierung schimmerten.

„Der gehört mir." Karen griff danach, doch der Wachmann schwenkte ihn von ihr weg.

„Der gehört dem großen Boss, Lady", sagte der Mann.

„Deinem Boss?" Sie kicherte. „Dem scheiß Rudi Reißzahn?" Dann schüttelte sie den Kopf. „Der Diamant gehört meiner Familie."

Ihre Stimme schwankte dabei leicht, und Tanners Herz zog sich zusammen. Ihre Verbindung zu dem Edelstein musste sehr persönlich sein, denn Karens Stimme schwankte sonst nie. Sie war taff, schneidig, verwegen und kehrte ihre weiche Seite selten hervor. Und schon gar nicht vor Fremden.

Stolz erfüllte seinen Bären, als er beobachtete, wie sie einen doppelt so großen Bisongestaltwandler in Grund und Boden starrte. Keine der Frauen in seiner Heimat besaß dieses trotzige Feuer. Wollte er wirklich mit einer schlichten, langweiligen Frau häuslich werden?

Auf keinen Fall, verkündete sein Bär.

Drei weitere Wachmänner stürmten an. Somit hatte Tanner keine Chance, umzusetzen, was seine Instinkte verlangten –

nämlich, sich sowohl Karen als auch den Diamanten zu schnappen und schleunigst zu verduften.

„Der Diamant gehört meiner Familie." Sie holte kräftig aus und stampfte dem Wachmann bei ihr wuchtig auf den Fuß.

Der Getroffene sprang mit gedämpftem Geheul von ihr weg. Gleichzeitig schnappte sich Karen den Diamanten aus seiner Hand.

„Meiner!" Trotz überstrahlte die Verzweiflung in ihren Augen.

Eine kleine Drachengestaltwandlerin gegen all diese Wachleute, und dennoch ließ sie sich nicht unterkriegen.

Natürlich nicht, brummte Tanners Bär.

Sie wich erst einen Schritt zurück, dann noch einen, wirkte bereit, die Flucht zu ergreifen. Allerdings stieß sie direkt gegen den nächsten Wachmann, der ihre Handgelenke packte. Vergeblich zappelte und zischte sie wie eine Todesfee.

Ohne nachzudenken, stieß Tanner den Wachmann weg. Niemand ging so mit Karen um. Knurrend starrte er den Mann mit mordlüsternem Blick an.

Niemand rührt meine Gefährtin an! brüllte der Bär in ihm. *Niemand!*

Der Wachmann stolperte rückwärts und hob die Hände.

Tanner knirschte mit den Zähnen. Gut, dass diese Arschlöcher seine Gedanken nicht lesen konnten, denn es wäre ein denkbar ungünstiger Zeitpunkt, um aufzufliegen.

Tanner räusperte sich und rang um Selbstbeherrschung, während Karen ihn mit großen, runden Augen anstarrte. Ihr Blick war milder geworden, als spürte auch sie es – dieses Gefühl eines warmen, wohligen Bads, das ihn in ihrer Nähe stets überkam. Ein Gefühl von Frieden und Richtigkeit, wie er es erlebte, wenn er zu Hause in der Frühlingssonne döste, während Wärme, Frische und Verheißung die Welt um ihn herum erfüllten.

Gott, sie befand sich so nah. Ihr nach Minze duftender Atem wärmte ihm den Hals. Ihre grünen Augen blickten tief in seine. Ihre Hände fühlten sich in seinen so klein an, und doch passten sie perfekt zusammen. Genauso perfekt, wie sich ihr an seine Brust geschmiegter Körper anfühlen würde.

Aber er spürte die fragenden Blicke eines Dutzends Augen im Rücken, also musste er sich von ihr zurückziehen. Es stand alles auf dem Spiel. Die Erfüllung seiner Pflicht gegenüber seinem Clan. Karens Sicherheit. Der Erfolg des Plans, an dem er monatelang gearbeitet hatte.

„Der Boss wird sie unversehrt haben wollen", sagte er. Dabei versuchte er zu verschleiern, dass er ihre Arme entschieden zu sanft festhielt.

Und schlagartig flammte in den strahlend grünen Augen, die ihn voller Hoffnung und Verwunderung angesehen hatten, wieder Wut auf.

Die Wachleute lachten leise, und Tanner sackte das Herz zu den Knien. Er hatte gerade angedeutet, dass er Karen wie einen Preis an Schiller übergeben würde. Die möglichen Folgen drehten ihm den Magen um. Er stellte sich Schiller vor, wie er Karen das Blut aussaugte. Wie er Karens Körper berührte. Wie er...

Mit einer Kraftanstrengung verdrängte er die grauenhaften Gedanken, sah Karen tief in die Augen und versuchte, ihr wortlos etwas zu übermitteln.

Ich lasse auf keinen Fall zu, dass er dir etwas antut. Ich werde nie zulassen, dass dir etwas zustößt.

Aber der Blick, den er erhielt, wirkte versteinert. Abweisend. Hasserfüllt. Und verdammt, konnte er es ihr verübeln?

Es brach ihm ja selbst das Herz. Aber er musste die Scharade aufrechterhalten. Immerhin war er der Sicherheitschef des Gebäudes. Und sie verkörperte einen Eindringling. Er würde sich später überlegen müssen, wie er ihr zur Flucht verhelfen könnte. Vielleicht auf dem Weg zu den Verwahrungsräumen. Vielleicht später am Abend. Vielleicht...

Ein anderer Wachmann gab Karen ein Zeichen. „Her mit dem Diamanten, Lady."

„Nur über meine Leiche", zischte sie, als sich von hinten nahezu lautlose Schritte näherten.

Die Wachleute um Tanner herum versteiften die Körper, und er selbst musste nicht mal hinsehen. Er wusste auch so, um wen es sich handelte. Nur Vampire bewegten sich mit einer so kraftvollen Lautlosigkeit, dass sie andere Geräusche geradezu erstickte. Nur Vampire ließen die Luft in einem Raum erkalten. Und nur ein Vampir hatte diese frostige Stimme, die Tanner das Blut in den Adern gefrieren ließ.

Igor Schiller, Besitzer des *Scarlet Palace*, trat vor und musterte Karen mit den Augen einer Kobra.

„Das, meine Liebe, lässt sich einrichten."

Kapitel 5

Karen erstarrte einen Moment lang wie die anderen Anwesenden. Dann nahm sie alle Drachenwillenskraft zusammen und erhob das Kinn. Sollte Schiller sie ruhig anstarren. Sollte er ihr ruhig drohen. Sie hatte keine Angst vor ihm.

Aber verdammt, ihre wackligen Knie sehr wohl.

Igor Schiller stand mit finsterer Miene und vor der Brust verschränkten Armen da. Abgesehen von seiner blassen Alabasterhaut sah er mit dem schwarzen, zurückgegelten Haar und dem perfekt maßgeschneiderten Anzug wie ein Dressman für Armani aus. Er hatte dunkle, kalte, stechende Augen.

Karen zwang sich, seinem Blick direkt zu begegnen. „Du recycelst alte Sprüche, Igor. Das nimmt ihnen irgendwie die Pointe, findest du nicht?"

Alles um sie herum schien angehalten worden zu sein. Alle harrten wie erstarrt aus. Die Wachleute, das leise Rauschen der Klimaanlage, das elektrische Surren hinter den Wänden – alles rückte in den Hintergrund. Sogar Tanner – der große, muskelbepackte Tanner, der die Welt stets mit ruhigen, stillen Augen betrachtete – schien zwischen dem Pochen zweier Herzschläge festzustecken. Es gab nur noch Schiller und Karen, die sich gegenseitig anstarrten.

Sein Blick brannte sich in sie, und sie spürte, wie das Blut in ihren Adern nach vorn schoss, als würde es von dem Vampir angezogen. Auch ihr Körper wollte sich näher zu ihm beugen, eine morbide Reaktion auf seinen unausgesprochenen Befehl. Den Befehl, sich ihm zu nähern, den Kopf schiefzulegen und sich von ihm beißen zu lassen...

Karen knirschte mit den Zähnen, schraubte die Intensität ihres Killerblicks höher und beobachtete, wie Überraschung in

Schillers Augen trat.

Ganz genau, Arschloch. Du bist hier nicht der Einzige, der Macht besitzt, hätte sie nur zu gern gesagt. Aber ausnahmsweise hielt sie stattdessen den Mund. Die gesamte Macht lag bei Schiller, während sie nur Entschlossenheit hatte. Denkbar unausgeglichene Voraussetzungen, aber verdammt, sie würde kämpfend untergehen.

„Und du bist so anstrengend wie immer, meine Liebe", meinte Schiller seufzend mit seinem aristokratischen osteuropäischen Akzent. „Oder versuchst zumindest, es zu sein." Er tippte mit den langen, perfekt manikürten Fingernägeln auf die Glasfläche des brusthohen Cocktailtischs neben ihm. Langsam, nachdenklich.

„Drachen versuchen nicht." Karen gab einen der Lieblingssprüche ihres Großvaters wieder. „Drachen ziehen alles erfolgreich durch."

„Und das ist deine Definition von Erfolg?" Schiller deutete auf das Aufgebot der Sicherheitskräfte, die jeden möglichen Fluchtweg versperrten.

Gut, ihr Diamantendiebstahl war nicht ganz nach Plan verlaufen. Aber dafür würde sie sich etwas einfallen lassen... irgendwann.

„Die Nacht ist noch jung." Sie zuckte mit den Schultern.

„Das stimmt, meine Liebe." Schiller beäugte ihren Hals.

Von links ertönte ein leises Knirschen. Und obwohl Karen nicht wagte, den Blick von Schiller abzuwenden, spürte sie, dass es von Tanner ausging. Offenbar konnte er kaum ein unverhohlenes Knurren unterdrücken – und auch kaum sein inneres Tier zurückhalten, wenn man nach dem animalischen Geruch ging, den er absonderte.

Tanner. Ein Teil von ihr war auf Anhieb dahingeschmolzen, als sie ihn gesehen hatte. Und verdammt, der Großteil von ihr war dahingeschmolzen, als er sie berührt hatte. Denn wann immer er sich ihr näherte, bildete sich ein eigenartiger Schild aus Hitze, der die beiden von der Außenwelt abschirmte. Seine tiefbraunen Augen versprachen ihr alles, obwohl seine Züge nicht das Geringste verrieten. Der Mann verkörperte ein Rätsel. Eines, das sie bislang nicht durchschauen konnte.

Aber verdammt, sie würde es nur zu gern weiterhin versuchen.

Ihre Drachendame brummte tief in ihrem Inneren. *Gern die nächsten ein, zwei Jahrhunderte.*

Lebten Bären überhaupt so lange? Sie hatte keine Ahnung. Die Frage war ohnedies hinfällig, zumal sie von bedrohlichen Vampiren umgeben waren. Und eigentlich war Tanner ja ein Arsch, oder? Einerseits, weil er zu ihrem zweiten Date nicht aufgetaucht war. Und schlimmer noch, er schien für Schiller zu arbeiten. Welcher Gestaltwandler, der etwas auf sich hielt, würde das tun?

Aber tief in seinen Augen verborgen sagte etwas: *Warte. Bitte. Warte, bis ich es dir erklären kann.*

Als ob Karen Zeit zum Warten hätte. Als ob sie die Erklärung eines Bären hören wollte. Wenn er für Schiller arbeitete, musste er gewusst haben, dass sie zehn elende Tage lang im Casino gefangen gehalten worden war. Und hatte sich der Bär in der Zeit auch nur einmal blicken lassen? Nein. Der Charme des Grizzlys mit der harten Schale und dem weichen Kern war nur Show gewesen. Er liebte sie nicht. Ihm lag nichts an ihr. Sie konnte ihm nicht vertrauen.

Aber... setzte ihre Drachendame zu einem Protest an.

Kein Aber. Karen hatte Wichtigeres im Kopf als diesen dummen Bären.

Sie riss sich aus Tanners Griff los und schraubte den Trotz in ihr auf die höchste Stufe.

„Igor." Sie achtete darauf, seinen Namen so auszusprechen, wie er es nicht leiden konnte. Nicht mit der Betonung am Ende wie in der osteuropäischen Version.

Karen gestattete sich, einen Moment lang das Aufflackern von Verärgerung in den Augen des Vampirs zu genießen.

„Wie ich sehe, bist du zu einem weiteren Besuch zurückgekehrt", sagte er mit einem steifen Akzent, durch den er sich wie Graf Dracula anhörte.

Schnaubend schüttelte sie den Kopf. „Bin nur auf der Durchreise. Transsilvanien ist nichts für mich." Sie schwenkte in der stickigen Luft die Hand.

„Wie schade, dass ich dich nicht gehen lassen kann, ohne dich erneut mit unserer feinen Gastfreundschaft zu verwöhnen."

Genau davor hatte ihr am meisten gegraut.

„Natürlich kannst du."

„Kann ich nicht."

„Du musst ja unheimlich beschäftigt sein", versuchte sie es. „Blut saugen, Pokertische manipulieren, deine Nägel feilen. Ich möchte deine kostbare Zeit ungern in Anspruch nehmen."

„Also nimmst du nur einen Gegenstand mit und machst dich wieder auf den Weg?" Schillers Blick schnellte zu dem von ihrer Faust umklammerten Diamanten.

So wäre es eigentlich geplant gewesen. Und verflixt noch mal, zuerst war alles so gut gelaufen. Karen hatte das Feuer unten im Korridor gelegt und war dann nach oben geeilt, als die Wachen losgerannt waren, um nach dem Rechten zu sehen. Den Alarm hatte sie mit einem alten Trick deaktiviert, den ihre Tante May ihr vor langer Zeit beigebracht hatte. Den Diamanten hatte sie genau dort gefunden, wo sie ihn vermutet hatte – auf Elviras antikem Schminktisch. Danach musste sie nur noch aufs Dach und in die Freiheit fliegen.

Na schön, vielleicht eher in die Freiheit *gleiten*, aber auch das hätte funktioniert.

Karen hatte nicht mit dem verfluchten Spinnennetzzauber gerechnet, mit dem Schillers drittklassige Hexen das Gebäude belegt hatten. Das war ihr zum Verhängnis geworden. Sie war über einen der unsichtbaren Fäden gestolpert und hatte dadurch einen Alarm ausgelöst. Sekunden später war sie von Wachleuten umzingelt gewesen.

Von Wachleuten... und Tanner. Was zum Teufel hatte es mit diesem Bären auf sich?

„Ich will dich wirklich nicht aufhalten", sagte sie mit gespielter Ungezwungenheit zu Schiller. Gar nicht so einfach, denn die Hälfte ihrer Nerven flatterte vor Angst – vor Schiller –, die andere vor Verlangen – nach Tanner.

„Mein Diamant!", durchbrach eine schrille Stimme die Anspannung in dem beengten Raum.

Karen verdrehte die Augen. Tanner zuckte zusammen. Sogar über Schillers Gesicht huschte flüchtig ein gequälter Ausdruck, bevor er sich der Frau zuwandte, die auf High Heels angestöckelt kam.

„Es ist mein Diamant." Karen hielt ihn von Elvira weg.

„Nein, er gehört mir." Die Vampirin zog die wulstigen Lippen zurück und entblößte ihre Fänge. Der Kontrast zwischen dem Elfenbein und dem Schwarz ihres Lippenstifts war aufsehenerregend.

Karen knurrte zurück. Elvira war ein hinterhältiger Egel von einer Frau und verstand sich ausschließlich darauf, Blut zu saugen – und vielleicht Igors bestes Stück. Ein Bild, das Karen im Augenblick wirklich nicht im Kopf gebrauchen konnte.

„Ihr könntet hier echt neues Innendekor gebrauchen", meinte sie abfällig schnaubend zu Elvira. „Schwarz und rot ist so was von überholt."

„Du könntest echt ein paar Manieren gebrauchen." Elvira fügte zwar nicht *Miststück* hinzu, doch Karen konnte es auf ihren Lippen sehen.

„Und du musst echt an deinem transsilvanischen Akzent arbeiten", schoss Karen zurück. „Ich höre klar und deutlich Brooklyn heraus."

Elvira riss entsetzt die Hand an den Mund, und Karen wusste, dass sie den Nagel auf den Sargdeckel getroffen hatte. Moment, das Sprichwort ging doch anders. Verflucht, diese Vampire brachten sie völlig durcheinander.

„Töte sie!", verlangte Elvira schrill von Igor. „Saug ihr das Drachenblut bis auf den letzten Tropfen aus."

„He!", stieß Karen barsch hervor, als ein Wachmann ihr den Diamanten aus der Hand riss.

Der Bisongestaltwandler reichte Elvira den Edelstein. Sie heftete einen hochmütigen Blick auf Karen, während Schiller ihr das Juwel um den cremeweißen Hals anlegte.

Mein Diamant, Miststück, besagten Elviras Augen. Dann hob sie den Diamanten an und küsste ihn, bevor sie ihn zwischen ihrem üppigen Busen verschwinden ließ.

Widerlich, kommentierte Karens innere Drachendame knurrend und ließ die Drachenzähne einen Zentimeter aus dem

Zahnfleisch wachsen. Sie würde den Diamanten auf keinen Fall aufgeben. Sie würde auf keinen Fall zulassen, dass Elvira das letzte Wort hatte.

„Töte sie", verlangte Elvira erneut. „Saug ihr das Drachenblut aus."

„Gern." Karen hielt Elvira das Handgelenk unter die Nase. „Nur zu."

Elvira schrak zurück, und Karen hätte um ein Haar triumphierend gejauchzt. Ihr Blut war ihr Trumpf, und das wusste sie. Vampirlegenden besagten, dass es kein reichhaltigeres Blut als das von Drachen gab – weshalb es nur von den mächtigsten Vampiren getrunken werden konnte.

„So viel Quecksilber, das durch meine Adern fließt", sagte sie schmunzelnd, und alle Vampire wichen einen Schritt zurück, als sie das Handgelenk zu Schiller herumschwenkte.

Aus seinen leuchtenden Augen sprachen Wut und Gier. Oh, und wie er ihr Blut wollte. Aber nicht mal er war mächtig genug, um zu wagen, sich ein Schlückchen davon zu genehmigen.

Sie starrte den Vampir noch einige Herzschläge lang an, bevor sie die Hand zurückzog. Vielleicht wäre es klüger, einen hungrigen Vampir nicht zu sehr herauszufordern. Erst recht keinen, der ein Casino betrieb und einen Bluff durchschauen könnte. Bisher hatte es noch niemand angesprochen, aber wenn jemand herausfände, dass sie nur zur Hälfte eine Drachendame war...

Dann wäre das gefährliche Spiel vorbei, das sie trieb. Endgültig.

Kapitel 6

„Schafft sie weg."

Tanner stieß lang und langsam den Atem aus, als Schiller den Wachleuten ein Zeichen gab. Herrgott, noch nie zuvor hatte er so lange die Luft angehalten. Die Zeit von dem Moment, als Karen trotzig ihr Handgelenk ausgestreckt hatte, bis zu Igors Fingerschnippen schien sich über eine Ewigkeit erstreckt zu haben. Und Tanner wäre um ein Haar vorgeprescht, um Karen zu schütteln. War sie verrückt, dass sie einen Vampir derart provozierte?

Verrückt. Sein Bär nickte. *Auf die bestmögliche Weise.*

Er hätte sich beinah in seine tierische Gestalt verwandelt und auf den Vampir gestürzt. Verdammt, hätte sich das gut angefühlt. Zwar hätten ihn die anderen am Ende in Stücke gerissen und ihm das Blut ausgesaugt, aber das wäre es ihm allemal wert gewesen, um Karen zu retten.

Nur hätte impulsives Handeln unter dem Strich nicht geholfen. Einzig deshalb ließ er seinen inneren Bären nicht von der Leine.

Verdammt. Tanner war verrückt, dass er sein Herz für eine solche Frau riskieren wollte. Bestimmt würde er vorzeitig ergrauen und jung an einem Herzinfarkt sterben, den sie ihm mit ihren Mätzchen bescherte.

Sein Bär grinste. *Jung und glücklich zu sterben, ist besser als alt und gelangweilt.*

Tanner schürzte die Lippen. Das Schicksal veralberte ihn bloß. So musste es sein. Karen war nicht die für ihn auserkorene Gefährtin. Konnte sie nicht sein.

Dennoch schnupperte sein Bär noch lange, nachdem man sie abgeführt hatte, verträumt an den Resten ihres Dufts. Das

Tier ließ sie nur deshalb aus den Augen, weil es wusste, dass ihr Drachenblut sie schützen würde.

„Du." Schiller schnippte mit den Fingern.

Tanner unterdrückte ein Knurren. Oh Mann, was hätte er es gern im Zweikampf mit dem Vampir aufgenommen. Aber auch in der Hinsicht spielte das Schicksal mit ihm, denn er musste verschlagen sein und abwarten. Was eigentlich eines Bären unwürdig war. Aber er musste an das Wohl seines Clans denken. Also hütete er die Zunge und hielt die Krallen zurück.

„Ich will eine Durchsuchung des gesamten Gebäudes. Finde heraus, wie sie eingebrochen ist", befahl Schiller.

Tanner zeigte direkt nach oben. „Na ja, sie ist eine Drachengestaltwandlerin."

Er unterdrückte ein Lächeln, als er sich vorstellte, wie Karen auf das Dach herabgeschwebt sein musste. Gott, würde er sie gern in Drachengestalt sehen. Bestimmt würde sie dieselbe rötlich-schwarze Färbung wie ihr Haar haben. Mit ein, zwei Flügelschlägen würde sie sich in die Luft erheben. Was wäre sie für ein Anblick. Und was wäre es für ein Gefühl für seinen Bären, über einen Bergkamm zu laufen, während sie über ihm schwebte. Das Mondlicht würde auf ihren Flügeln funkeln, bevor sie sich an einem hochgelegenen Ort treffen, in menschliche Gestalt verwandeln und küssen würden. Küssen, berühren und erkunden. Das erdige Aroma ihrer Drachendame würde sich mit ihrem menschlichen Duft vermischen.

Stell dir nicht nur eine Nacht davon vor, sondern ein ganzes Leben, säuselte sein Bär und seufzte.

„Ich will, dass die Verantwortlichen gefunden und bestraft werden", blaffte Schiller.

Ah, Recht und Ordnung in der Welt der Vampire. So schwarz und weiß.

Schiller und sein Gefolge verschwanden im Penthouse. Tanner verbrachte die nächste Stunde damit zu bestätigen, was er bereits vermutet hatte. Karen war über das Dach eingebrochen, hatte einige Stockwerke tiefer als Ablenkungsmanöver ein Feuer gelegt und war dann zurückgegangen, um den Diamanten zu stehlen. Die Flammen hätten auch die Brandschutztüren zu Schillers Apartment versiegelt, was ihr zusätzlich Zeit verschafft hätte, sich den Edelstein zu schnappen. Wäre sie nicht in die Falle der Hexe getappt, sie wäre damit entkommen.

Während er den von Asche bedeckten Flur des sechsundzwanzigsten Stocks entlangging, redete er sich ein, er hätte alles durchschaut. Eigentlich ganz simpel, oder?

Nur passte einiges nicht ins Bild. Das Schloss der Tür zum Dach war gewaltlos geöffnet worden, als hätte sie den Schlüssel gehabt. Und wie hatte sie den Brand gelegt? Als Drachendame hätte sie natürlich nur Feuer speien müssen, allerdings schnappte er in den Gängen nicht den leichten Phosphorgeruch auf, der im Atem von Drachen mitschwang. Hatte er zumindest gehört, denn er war vorher nie einem Drachen begegnet. Sie kamen selten vor, wurden zunehmend mehr zu Legenden als Realität.

Und ob sie mal eine Legende sein wird, stimmte sein Bär ihm verträumt zu.

Das würden sie beide werden – Karen und ihre Schwester Kaya. Letztere hatte die halbe Untergrundkampfarena abgefackelt, die Schiller nebenher betrieb. Tanner wünschte, er hätte es miterleben können, aber an dem Abend hatte er im Casino gearbeitet. Er hätte zu gern Schillers Gesicht gesehen, als ihm nicht nur eine, sondern gleich zwei Drachendamen entwischt waren.

Bei dem Gedanken legte er die Stirn in Falten. Hätte er Karen gehen lassen können, wenn er dort gewesen wäre?

Und nun war sie zurück. Während ein Teil von ihm weinte, weil sie sich wieder in Gefangenschaft befand, jubilierte ein anderer Teil seiner Seele. Er hatte eine zweite Chance!

Aber eine zweite Chance worauf?

Auf Liebe. Für immer, sagte sein Bär.

Tanner nahm die Treppe hinunter in den neunten Stock, wo Schiller seine gelegentlichen „Gäste" unterbrachte. Die gab es in allen Formen, Größen – und wohl auch Geschmacksrichtungen, dachte er und verzog dabei das Gesicht zu einer Grimasse. Und während manche freiwillig kamen, hatten andere keine Wahl. Wie Karen.

Die Willigen fand er unheimlich. Im ersten Monat seines Jobs hatte er beobachtet, wie eine ganze Gruppe von jungen

Frauen begeistert bei den Sex- und Blutorgien der Vampire mitgemacht hatten. Es drehte ihm zwar den Magen um, aber solange die Frauen es freiwillig taten und die Vampire ihre Beute nicht töteten, hatte Tanner entschieden, den Mund darüber zu halten. Da die Hexen aus dem Gedächtnis der Opfer alles außer hemmungslosem Sex löschten, konnten die Blutsauger ihre wahre Natur vor der Außenwelt verbergen. Die Menschen wussten über die Existenz von Vampiren genauso wenig wie über die von Gestaltwandlern.

Dennoch bekam Tanner stets eine Gänsehaut, wenn er sich vorstellte, was hinter verschlossenen Türen vor sich ging. Mehr als einmal hatte er beobachtet, wie die „Gäste" mit glasigen Augen gingen und dachten, ihre wackeligen Beine rührten daher, dass sie den einen oder anderen Drink zu viel gehabt hatten – nicht daher, dass zu wenig Blut durch ihre Adern floss. Und wenn er daran dachte, dass man Karen dort eingesperrt hatte...

Sein Blick schwenkte zu der Suite am Ende des Flurs. Er brauchte nicht nachzufragen, wo sie festgehalten wurde. Tanner konnte ihre Fährte wittern.

Der Duft meiner Gefährtin, murmelte sein Bär.

Tanner schüttelte den Kopf. Sein Bär und er würden demnächst ein ernstes Wort miteinander reden und ein paar Dinge klarstellen müssen. Karen war nicht seine Gefährtin. Das konnte sie nicht sein. Er wollte sie lediglich befreien und ihrer Wege schicken.

Genau. Klar. M-hm. Sein Bär nickte und tat so, als würde er mitspielen.

Als Tanner ihn tadeln wollte, drangen aus der geschlossenen Wachstation am Ende des Flurs Stimmen zu ihm. Unwillkürlich lauschte er.

„Sie ist auf keinen Fall ein reiner Drache", sagte einer der Wachleute mit gedämpfter, aber aufgeregt klingender Stimme. Ein Vampir. Das merkte man immer, ohne hinzusehen, weil sich ihre Stimmen so unnatürlich seidig anhörten.

„Du spinnst doch", gab ein zweiter Wachmann zurück. Ein Wolfsgestaltwandler – das verriet das kratzige Timbre seiner Stimme eindeutig.

Tanner verlangsamte die Schritte und legte den Kopf schief.

Der junge Vampir schmatzte mit den Lippen, eine nervige Angewohnheit. Demnach musste es sich um Antoine handeln, einen von Elviras bösartigen Neffen.

„Weißt du, was ich denke?", sagte Antoine.

„Was denkst du denn?", erwiderte der Wolf in desinteressiertem Ton.

„Ich denke, sie ist eine halbe Hexe."

Tanner erstarrte. Eine Hexe?

„Du spinnst doch", wiederholte der zweite Wachmann.

Das hoffte Tanner. Die Bären seines Clans hegten einen tief verwurzelten Groll gegen Hexen, seit vor Generationen eine um ein Haar alle Gestaltwandler in den Rocky Mountains den Menschen preisgegeben hätte. Sie hatten nur überlebt, weil sie sich tief in die Berge zurückgezogen hatten, weg von Neugierigen, denen die Hexe die Augen für die subtilen Unterschiede zwischen Menschen und Gestaltwandlern geöffnet hatte – zum Beispiel das einzigartige Leuchten in den Augen, der Geruch nach freier Natur, das verräterische Zucken von Nasen und Ohren. Mit Müh und Not konnten sie die Katastrophe noch abwenden. Ältere Menschen in abgelegenen Berggemeinden erzählten immer noch Geschichten über Werwölfe und Werbären, obwohl ihnen niemand mehr glaubte. Was verdammt gut so war – und es war damals entschieden zu knapp gewesen.

Trau niemals einer Hexe. Er erinnerte sich an den verbitterten Ton seines Großvaters.

Trau niemals einer Hexe, meinte auch sein Vater regelmäßig.

Und das hatte Tanner nie getan. Warum sollte er auch?

Sein Herz setzte einen Schlag aus. Aber Karen? Eine Hexe?

„Eine Hexe", betonte Antoine und klang dabei so überzeugt. Andererseits hörte sich der Mistkerl immer sehr selbstsicher an. „Wie hätte sie sonst ins Penthouse einbrechen sollen? Hier ist es sicherer als in Fort Knox."

Tanner dachte zurück an seine Untersuchung der oberen Stockwerke. Es konnte nicht sein. Oder doch?

„Und wenn sie nur ein halber Drache ist, können wir bestimmt ihr Blut trinken", fuhr Antoine fort.

„Willst du es auf die harte Tour herausfinden?", fragte der zweite Wachmann.

Tanners Blick schnellte durch den Flur zu der Suite, in der Karen festgehalten wurde. Von innen schützte die Tür ein Zauber, aber nicht von außen. Ein Wachmann mit dem Schlüssel – wie Antoine – könnte jederzeit eintreten.

Tanner beugte sich vor und bohrte die Finger in die eigenen Handflächen. Das kratzende Geräusch von Nägeln auf einer Tischplatte drang an seine Ohren und ließ ihn zusammenzucken. Diese verfluchten Vampire und ihre gefeilten Nägel.

„Stell dir nur vor, wie gut ihr Blut schmecken würde. Es wäre so dick, so üppig..."

Tanner stützte sich mit einer Hand an der Wand ab. Er durfte nicht losstürmen und Antoine erwürgen. Noch nicht.

„Ich kann es schon schmecken..."

„Du bist echt krank, weißt du das?", sagte der Wolfsgestaltwandler angewidert. „Vergiss es."

Die angespannte Stille, die darauf folgte, verriet Tanner, dass Antoine nicht vorhatte, es zu vergessen.

„Hör mal, ich gehe mir einen Kaffee holen", kündigte der Wolf an. „Kaffee. Das ist ein Muntermacher. Nicht Blut."

Tanner wich um eine Ecke im Flur zurück und blieb außer Sicht, bis er die Schritte des Mannes verschwinden hörte. Der Aufzug gab einen Piepton aus. Die Türen öffneten und schlossen sich. Dann trat Stille ein, durchbrochen nur von Tanners heftigen Herzschlag.

Er stellte sich vor, wie Antoine Pläne schmiedete. Der junge Vampir war ein gieriger kleiner Mistkerl. Gierig auf Blut und Macht.

In den vergangenen drei Monaten hatte Tanner viel über Vampire gelernt – mehr, als er je wissen wollte. Blut zu trinken, verlieh ihnen Macht. Und je mächtiger der Spender, desto berauschender die Wirkung des Lebenssafts. Starke Männer und Frauen, sowohl Menschen als auch Gestaltwandler – Vampire diskriminierten in der Hinsicht nicht. Sie suchten immer nach dem kraftvollsten Blut, das ihnen den größten Kick und den nachhaltigsten Machtzuwachs bescheren konnte.

Und Drachenblut galt als das stärkste von allen. Deshalb sehnte sich Schiller so nach dem von Karen. Er hatte nur deshalb noch nicht von ihr getrunken, weil er fürchtete, ihr Blut könnte sogar für ihn zu üppig sein.

Als Tanner schnupperte, witterte er Gier und Verlockung. Ganz Las Vegas strotzte davor, doch hier nahm er das Aroma besonders stark und frisch wahr. Der ranzige Geruch kam aus dem Wachzimmer, wo sich Antoine seinen Plänen hingab.

Weiteres Wissen über Vampire stieg aus den Tiefen seiner Erinnerung auf. Vampire schwärmten davon, dass der letzte Tropfen Blut im Körper eines Menschen der reichhaltigste und stärkste war. Sie hatten sogar eine eigene Bezeichnung dafür – *ultimum gutta sanguinis* – und sprachen darüber wie über etwas Allheiliges. Die meisten Vampire waren so klug, ihre Beute nicht auszubluten, ähnlich, wie die meisten Gestaltwandler so vernünftig waren, Menschen nie ihre animalische Seite zu offenbaren. Aber junge, unbesonnene Blutsauger... Wer wusste schon, was sie riskieren würden?

Jung, unbesonnen und ungeduldig – wie Antoine.

Tanners Herz hämmerte wild, während er überlegte, was er tun sollte. Egal, ob Antoine selbst über Karen herfallen wollte oder seine Vermutung weitersagen würde, Karen schwebte in Gefahr. Tanner musste sie rausholen, und zwar schnell. Hexe hin, Hexe her, er würde sie nicht diesen Barbaren überlassen.

Nur wie sollte er es anstellen, ohne aufzufliegen?

Ganz einfach, brummte sein Bär. *Wir reißen Antoine in Stücke und befreien unsere Gefährtin.*

Genau. Als ob das funktionieren würde. Im gesamten Gebäude herrschte höchste Alarmbereitschaft.

Tanner spähte um die Ecke zur Kreuzung zweier Gänge, wo zwei Überwachungskameras hin und her schwenkten. Wie so viele andere im Gebäude liefen sie nicht synchron. Dadurch entstand ungefähr alle dreißig Sekunden ein toter Winkel – ein Fehler, den Tanner nie gemeldet hatte, falls er diese Schwachstelle mal bräuchte.

Nun zum Beispiel.

Tanner wartete, bis die Kameras wegschwenkten, dann eilte er zum Wachraum und linste hinein. Antoine stand mit dem

Rücken zur Tür und tippte mit den langen Fingernägeln auf die vampirfreundlich geschwärzte Fensterscheibe.

Leichte Beute, aber Herrgott noch mal, sollte Tanner es wirklich wagen? Wenn er seinen überhastet geschmiedeten Plan umsetzte – was nach keiner guten Idee klang –, würde es kein Zurück mehr geben. Vielleicht sollte er alles noch mal durchdenken.

Wie, jetzt etwa? brüllte sein Bär. *Das ist unsere Chance!*

Die Chance, alles zu vermasseln. Karen könnte eine Hexe sein – eine Hexe, die ihn belogen hatte. Vielleicht sogar eine Hexe, die ihn verzaubert hatte. War sie es wert, die Zukunft seines Clans zu riskieren?

Verdammt noch mal, ja! schrie sein Bär.

Seine Instinkte übernahmen die Kontrolle, und er stürmte hinein, bevor der Vampir reagieren konnte. Kaum war Tanners Faust gegen Antoines Hinterkopf gekracht, ging der Blutsauger mit einem Grunzen zu Boden. Tanner musste alle Selbstbeherrschung aufbieten, um nicht erneut zuzuschlagen und dafür zu sorgen, dass Antoine nie wieder aufwachen und blutige Gedanken an Karen oder eine andere Frau hegen würde.

Dafür fehlte die Zeit, und Antoine umzubringen, würde nur Verdacht erregen. Tanner schnappte sich die Generalschlüsselkarte, rannte zur Tür und sprintete den Flur hinunter, sobald die Kameras wegschwenkten.

„Komm schon... komm schon..." Er versuchte es in zehn verschiedenen Positionen mit der Schlüsselkarte. Das Verriegelungslämpchen blieb hartnäckig rot. Ihm lief die Zeit davon. Die Kameras schwenkten langsam in seine Richtung.

„Komm schon..." Hastig unternahm er einen weiteren Anlauf.

Er wollte die Tür schon aufbrechen, als das Lämpchen endlich grün aufleuchtete und ein Klicken ertönte. Ansatzlos stürmte er hinein, wirbelte herum und schlug die Tür zu, bevor die Kameras etwas von seinem Treiben mitbekamen.

Puh.

Dann: *Oha!* Etwas schoss quer durch den Raum. Er duckte sich gerade noch rechtzeitig, um einer Vase auszuweichen, die nur Zentimeter über seinem Kopf zerschellte. Wasser spritzte in sein Haar, eine Tulpe streifte sein Ohr.

„Du blutsaugender…" Karen verstummte abrupt, als sich ihre Blicke begegneten.

Tanner hatte zwar nicht unbedingt mit einem Kuss gerechnet – aber eine Vase?

Er wischte sich Wasser aus dem Gesicht und hob die Hände, denn sein grünäugiges Temperamentbündel hatte wurfbereit mit einem schweren Aschenbecher aus Glas ausgeholt.

„Ich bin's", sagte er.

Sie verengte die Augen zu Schlitzen – vielleicht, um für den nächsten Wurf zu zielen.

„Du", stieß sie völlig unbeeindruckt hervor.

Kapitel 7

Tanners Bär stöhnte. *Sie hasst uns, und daran bist nur du
schuld!*

„He!", protestierte er.

Tanner konnte nichts dafür, dass diese eigensinnige Drachendame von den Vampiren gefangen genommen worden war
– zweimal. Ebenso wenig konnte er etwas dafür, dass er so
tun musste, als würde er mit den Vampiren unter einer Decke
stecken.

„He, was?", verlangte Karen zu erfahren.

„Ich habe nicht mit dir geredet", murmelte er und verfluchte
seinen Bären.

Karen holte mit dem Wurfarm weiter aus und hob den
Aschenbecher höher, als wollte sie ihn mit voller Wucht schleudern.

„Warte!" Wieder streckte Tanner die Hände hoch.

Karen wartete zwar nicht, warf aber auch nicht. Stattdessen
stürmte sie auf ihn zu und stieß ihn gegen die Tür zurück. Als
wäre er ein Leichtgewicht und sie ein Grizzly.

„Jetzt hör mir gut zu, Bär", legte sie los.

Darauf hätte er auf verschiedenste Weise reagieren können.
Er hätte sie an der Tür fixieren und fragen können, ob sie wirklich eine Hexe war. Er hätte sie am Arm packen, ihr eine Hand
auf den Mund klatschen und sie wegtragen können. Er hätte
versuchen können, die Worte zu finden, um alles zu erklären,
was sich nach der Nacht ihrer ersten Begegnung ereignet hatte.
Und was tat er tatsächlich?

Es geschah, bevor ihm klar wurde, was er vorhatte. Ein
versteckter Schalter in ihm legte sich um, und plötzlich stand
er in Flammen. All die Wochen des Bangens und Wartens, des

Hoffens, der Angst und des Planens. All die Stunden, in denen er von der mit ihr verbrachten Nacht geträumt hatte...

Alles kochte aus dem Nichts in ihm hoch und trieb ihn dazu, sie an sich zu ziehen und ihr die Mutter aller Bärenküsse auf den Mund zu drücken. Es wurde ein inniger, hungriger, besitzergreifender Kuss, der brüllte: *Es tut mir leid!* Und: *Ich liebe dich!* Und: *Bitte wirf nie wieder eine Vase nach mir.*

Tanner flehte sie an, verzehrte sie förmlich, zeichnete sie als sein.

Eine Sekunde, nachdem Karen überrascht gequiekt hatte, krallte sie die Hände in sein Shirt und zog ihn näher zu sich. Ihr Mund öffnete sich unter seinem und lud ihn ein, sie zu kosten. Tatsächlich forderte sie es geradezu und umtänzelte gleichzeitig mit der Zunge die seine. Mit einem Ruck zog sie ihn noch näher, bis ihr Busen gegen seine Brust drückte, ihr Herz an seinem pochte und ihr Duft ihn berauschte.

Tanner verlor sich dermaßen in dem Kuss, dass sie um ein Haar umgekippt wären, doch sie schnappten beide gerade noch rechtzeitig nach Luft. Blinzelnd sah er sie an und sie ihn.

„Karen", flüsterte er.

Sie öffnete den Mund, gab jedoch keinen Mucks von sich. Seiner unbezähmbaren Drachendame verschlug es die Sprache, wahrscheinlich zum ersten Mal in ihrem Leben.

Dann meldete sich das Verlangen zurück, und er küsste sie erneut. Diesmal fixierte er sie sanft an der Tür... Oder vielleicht auch nicht so sanft. Er vermochte es nicht zu sagen, aber da Karen eher anspornende Geräusche von sich gab, machte er weiter und hatte das Gefühl, nie genug von seiner Gefährtin bekommen zu können.

Von seiner Gefährtin. Oha. Könnte seine Gefährtin tatsächlich eine halbe Hexe sein?

Hexe. Drachendame. Was auch immer, murmelte sein innerer Bär.

Es zählte nur, dass sie zu ihm gehörte und er zu ihr und dass es für immer so bleiben würde.

Für immer, säuselte sein Bär und genoss jede Nuance des leidenschaftlichen Kusses.

Irgendwo in seinem Hinterkopf ertönte ein Gong, der ihm mitteilte, dass *für immer* schneller enden könnte, als ihm lieb war, wenn er seine Gefährtin nicht schleunigst aus dem *Scarlet Palace* schaffte. Also wich er zurück – und musste dafür jeden Muskel seines Körpers zum Einsatz bringen, so stark zog es ihn magnetisch zu ihr hin. Ihre Lippen schmatzten, als sie sich voneinander lösten. Tanner lehnte den Kopf gegen die Tür und keuchte an ihrer Schulter.

Muss... die... Kontrolle... zurückerlangen... Sein Gehirn erteilte den Befehl, doch die meisten seiner Nerven streikten und weigerten sich, die Botschaft zu übermitteln. *Leben... meiner... Gefährtin... hängt... davon... ab...*

Es war nicht gerade hilfreich, dass sich ihre Hände immer noch an ihm festklammerten oder sich ihre Lippen so sanft wie in seinen Träumen über sein Ohr bewegten.

„Tanner", murmelte sie und brachte seine Seele zum Jubilieren.

Keine Zeit zum Jubilieren. Schaff sie weg. Bring unsere Gefährtin in Sicherheit.

Schon komisch, dass zur Abwechslung der Bär den Vernünftigen raushängen ließ.

Tanner streichelte eine weitere Minute lang mit einer Hand ihr seidiges gewelltes Haar, bevor es ihm endgültig gelang, sich zusammenzureißen.

„Ich muss dich von hier wegschaffen."

„Wir müssen beide weg von hier", erwiderte sie, und was klang es verlockend. Aber so konnte es nicht funktionieren, denn er musste bleiben und beenden, weswegen er nach Las Vegas gekommen war. Nur wie sollte er das je erklären?

Ich liebe dich. Ich will dich.

Ich brauche dich, fügte sein Bär hinzu.

Aber ich muss dich gehen lassen. Schon wieder.

Er sparte sich den Versuch, etwas davon herauszubekommen. Das konnte warten. Im Augenblick waren Taten gefragt, keine Worte. Er schob Karen hinter sich, öffnete die Tür und spähte hinaus. Wieder achtete er sorgfältig auf die Bewegungen der Kameras, bevor er mit ihr den Flur hinuntereilte. Ein flüchtiger Blick in den Wachraum zeigte ihm, dass Antoine nach wie vor weggetreten war.

Der Fahrstuhl bimmelte, und Tanner zog Karen mit einem Ruck um die Ecke zur Treppe. Der zweite Wachmann würde jeden Moment zurück zu seinem Posten schlendern und Alarm schlagen. Tanner raste die Treppe vier Stufen auf einmal nehmend hinunter. Gott sei Dank hielt Karen mit ihm Schritt. Als Drachendame hätte sie wahrscheinlich auch zehn auf einmal bewältigt.

Halbe Drachendame? Halbe Hexe?

Aber für Fragen fehlte die Zeit, also hastete Tanner weiter. Er kam gerade im Erdgeschoss an, als es in seinem Ohrstöpsel knisterte.

„Alarm! Alarm! Wachmann am Boden! Wachmann am Boden!"

Tanner sprintete einen Gang entlang zur Rückseite des Gebäudes und betete, dass man sie nicht sehen würde. Es war ungefähr fünf Uhr morgens, und obwohl das Casino nie wirklich schlief, ging es um die Morgendämmerung herum etwas ruhiger zu, weil die meisten Vampire in ihre Unterkünfte zurückkehrten. Tanner schlug einen Umweg ein, weil er wusste, in welchen Gängen es Kameras gab und in welchen nicht.

„Neunter Stock! Neunter Stock!" Ein weiterer Alarm. „Wachmann am Boden!"

Noch hatte niemand Karen als vermisst gemeldet, aber man würde jeden Moment zwei und zwei zusammenzählen.

„Beeilung!", stieß Tanner keuchend hervor. „Hier."

Er schob eine Tür auf, schnappte nach frischer Luft und starrte zum blassrosa Schimmer des Himmels. Schon erstaunlich, wie sauber und frisch sich sogar die Luft der Straßen von Las Vegas anfühlen konnte, nachdem man sich mehrere Stunden in einem Gebäude aufgehalten hatte. Wenn er es je aus dieser bizarren Stadt schaffte, würde er in seine Berge zurückkehren und sie nie wieder verlassen.

Als er Karen ansah, schluckte er schwer. Wilde grüne Augen, glänzendes, kastanienbraunes Haar, sommersprossige Nase... Konnte er sie wirklich gehen lassen?

Vergiss den Clan. Wir finden einen anderen Weg, das nötige Geld zu beschaffen. Lass uns einfach mit ihr gehen, bettelte sein Bär.

Und verdammt, noch nie war Tanner so sehr in Versuchung gewesen, seine Familie im Stich zu lassen, wie in jenem Augenblick.

„Geh", sagte er heiser, bevor sein Herz die Oberhand erringen konnte.

„Gast Eins ist weg!" Eine Stimme dröhnte durch seinen Ohrstöpsel. „Wiederhole, Gast Eins ist weg!"

„Geh." Er deutete zum Bürgersteig, wo sich gerade eine Gruppe von Touristen näherte. Karen könnte sich unter sie mischen und fliehen.

„Moment. Was?" Sie packte ihn am Arm.

„Ich muss zurück...", begann er und stockte dann. Wie sollte er es erklären?

„Nicht. Die werden wissen, dass du mir geholfen hast. Tu es nicht."

Die magnetische Anziehungskraft wurde stärker als je zuvor. Tanner spürte sie in den Knochen, in den Adern.

„Das habe ich mir alles überlegt", log er.

Karen schnaubte. „Klar. Und was hast du vor?"

Ja, was haben wir ohne sie vor? verlangte sein Bär zu erfahren.

„Sicherheitsteam auf die Stationen!" Die nächste Durchsage fuhr ihm ins Ohr.

Mist. Er hatte keine Zeit mehr. Es hieß jetzt oder nie.

„Du musst gehen." Er wollte es mit Nachdruck sagen, doch es drang matt und undeutlich heraus, völlig unangemessen für einen Bären. Tanner begnügte sich damit, Karen in Richtung des Bürgersteigs zu schieben. Vielleicht würde das funktionieren.

Nach zwei Schritten blieb sie stehen und schaute mit finsterer Miene zu ihm zurück. Verdammt, der letzte Anblick seiner Gefährtin, und sie starrte ihn mürrisch an.

Dann jedoch wurde ihr Blick milder, und Tanner hätte schwören können, ihre Drachendame ähnlich betteln zu hören wie seinen inneren Bären. *Lass ihn nicht gehen...*

Halb Drache... halb Hexe, erinnerte ihn eine leise Stimme. Wie könnte es zwischen einem Bären und einer Hexe je funktionieren?

Irgendwie kriegen wir das schon hin, schoss sein Bär zurück. *Ganz bestimmt.*

Karen schloss die Lider, dann nickte sie stumm bei sich. Ging ihr dasselbe durch den Kopf?

Als sie die Augen wieder öffnete, wirkte ihr Blick entschlossen. Kompromisslos. „Triff dich heute Abend mit mir. Um acht", sagte sie, als hätte sie eine innere Uhr oder einen eingebauten Terminkalender. „Kannst du bis dahin weg?"

Ein weiterer Punkt, von dem es keine Rückkehr geben würde. Er hatte ihr die Freiheit geschenkt. Nun musste er wieder in die Spur kommen.

Ein Bär, der vorausplant, kommt auch voran. Das alte Sprichwort ging ihm als Flüstern durch den Kopf. Und verflixt noch mal, seine Pläne beinhalteten keine abendlichen Treffen mit Drachen, Hexen oder sonst jemandem.

Vorsichtig bedeutet, dass man sich nie verbrennt. Er konnte es die Bärenältesten im Kopf praktisch singen hören. Vorsicht bedeutete, Karen gehen zu lassen.

Tanner öffnete den Mund, doch die Worte weigerten sich, hervorzudringen. Wie ein störrischer Hund, der die Füße in den Boden stemmte und gegen seine Leine ankämpfte.

Also nickte er stattdessen. „Okay." Was hätte er sonst tun können? Ja, er würde sich davonstehlen, wenn er sie dadurch noch einmal sehen könnte. „Wo?"

Karen schnaubte. „An einem Ort, den Blutsauger nie aufsuchen würden."

Gern hätte er Alaska vorschlagen, allerdings bezweifelte er, dass sie es in den nächsten fünfzehn Stunden dorthin schaffen könnte.

„Das *Golden Panda*", sagte sie, bevor er sich etwas einfallen lassen konnte. Ein gutes Zeichen, dass zumindest ihr Verstand klar genug dachte, um eine Entscheidung zu treffen. Seiner tollte immer noch wild umher. „An der Fremont Street. Frag, ob sie dort Drachensuppe servieren."

Er starrte sie an. „Drachen-was?"

Karen eilte davon, während er wie angewurzelt verharrte. Ihre Stimme drang erneut zu ihm. „Drachensuppe. *Golden Panda.* Acht Uhr heute Abend."

Damit mischte sie sich unter die Leute auf dem Bürgersteig und verschwand.

∞∞∞∞

Tanner stand noch eine Minute lang da – eine Minute, die er eigentlich gar nicht hatte – und kämpfte gegen den Drang an, Karen hinterherzulaufen, statt ins Casino zurückzukehren. Schließlich überwand er sich dazu, wischte sich den Kuss vom Mund und sprintete die Treppe zurück hinauf. Gut, dass Vampire keinen ausgeprägten Geruchssinn besaßen – außer für Blut. Die Chancen standen gut, dass sie Karen nicht an ihm riechen würden.

Er jedoch konnte es. Und empfand es zugleich als himmlisch und als pure Folter. Und herrje, was für ein Chaos. Warum hatte sie nicht beim ersten Mal auf ihn gehört? Er hatte sie von Anfang an vor dem *Scarlet Palace* gewarnt. Warum musste Karen so zermürbend stur sein? So unbesonnen? So... so...

Mein, brummte sein innerer Bär.

Tanner rannte die Treppe hinauf – eine gute Ausrede dafür, atemlos im neunten Stock anzukommen. Prompt begann er, die Männer dort dafür zu rügen, dass sie so unachtsam gewesen waren.

„Ihr habt was? Sie ist was?", brüllte er und achtete darauf, die Anschuldigungen deutlich an die beiden Wachmänner zu richten.

„Ich schwöre, ich habe ihn so vorgefunden..." Der Wolfsgestaltwandler zeigte auf Antoine, der sich stöhnend an der Wand abstützte.

Behutsam fasste sich der Vampir an den Hinterkopf. „Sie ist eine Hexe. Ganz sicher. Wie sonst hätte sie sich so von hinten an mich ranschleichen können?"

Tanner unterdrückte ein verächtliches Schnauben. Stattdessen ließ er sein bestes Knurren vernehmen, als er auf den Kaffeebecher des Wolfs zeigte. „Du hast deinen Posten verlassen?"

Der Wachmann erzitterte. Die fünf anderen, die sich um ihn herum versammelt hatten, ließen tadelnde Laute vernehmen, als würde sie *niemals* auf so eine Idee kommen.

„Wir sehen uns gerade die Kameraaufzeichnungen an." Die Stimme des Sicherheitsleiters ertönte aus einem Lautsprecher, und alle verstummten.

Auch Tanner.

„Ich lege sie auf euren Monitor. Wartet kurz."

Das Bild auf dem Monitor flackerte, bevor es einen verwaisten Flur und die Zeitangabe rechts oben zeigte. Das Video lief erst rückwärts, dann von der Stelle an vorwärts, als der Wolfsgestaltwandler in Sicht geriet und den Aufzugsknopf drückte.

„Verdammt, Mann, du steckst ganz schön in der Tinte", kommentierte einer der Wachleute, während der Wolf stöhnte.

Tanner stand regungslos da und starrte noch lange auf den Bildschirm, nachdem der Wachmann bereits im Aufzug verschwunden war. Seine Fingernägel bohrten sich in seine Handflächen, auf seiner Stirn bildete sich ein frischer Schweißfilm. Wenn sein Timing falsch gewesen war, würde er derjenige sein, der tief in der Tinte steckte.

„Nichts", murmelte einer der Männer. „Nicht das Geringste."

Langsam atmete er aus.

„Ich sage euch, sie ist eine Hexe!", beteuerte Antoine. „Bestimmt hat sie einen Stuhl schweben lassen und ihn mir über den Schädel gezogen."

Es kostete Tanner alle Selbstbeherrschung, nicht zu schmunzeln. Seine Faust war es gewesen, kein Stuhl. Aber wenn Antoine etwas anderes glauben wollte, sollte es Tanner recht sein.

„Wie sonst hätte sie ins Penthouse einbrechen können?", fuhr Antoine fort.

Dem Teil musste Tanner zustimmen, und der Gedanke brachte seine Haut zum Jucken. Konnte es wirklich sein?

„Ich sage euch, sie ist eine Hexe", wiederholte Antoine beharrlich.

Tanner starrte ihn finster an, während sich seine Gedanken überschlugen. Mist. Könnte seine Gefährtin tatsächlich eine halbe Hexe sein?

Kapitel 8

Karen folgte einer torkelnden Gruppe von Nachtschwärmern fünf Häuserblocks lang, bevor sie in eine Seitenstraße einbog und zurückschaute.

Keine Alarme. Kein Sicherheitspersonal, das sie jagte. Keine getarnten Vampire, die ihre Zähne bleckten.

Zumindest noch nicht.

Die einzigen Gesichter, die sie entdeckte, wiesen trübe Augen auf und wirkten müde – die Gesichter von Spielern und Trinkern. Ausnahmslos Menschen. Während einige gerade erwachten, schleppten sich andere nach zu vielen Drinks und verlorenen Dollars nach Hause.

Karen schüttelte den Kopf, über sich selbst ebenso wie über diese Leute. Was hatte sie nur an diesem verrückten Ort zu suchen?

Der Himmel bildete einen leicht rosa und gelben Hintergrund für die blinkenden Lichter, die in Las Vegas nie zu erlöschen schienen. Grelle Rottöne, Neongrün, knallige Schattierungen von Blau – eine Farbe für jede ihrer Unzulänglichkeiten. So fühlte es sich für sie an. Gott, sie hatte es schon wieder getan – abermals war sie dem verlockenden Glitzern erlegen. Aber wie könnte sie es verhindern? Immerhin war sie halb Drache.

Und ja, halb Hexe. Eine zweitklassige Hexe, deren Kräfte ungefähr so nützlich waren wie ihre Fähigkeiten als Drachendame.

Mit anderen Worten, sie reichten gerade, um sie in Schwierigkeiten zu bringen, aber nicht, um sie wieder herauszuholen.

Nach einem langen Atemzug, der noch nicht so schmerzhaft trocken war, wie er es in ein, zwei Stunden sein würde, ließ sie den Kopf hängen. Alles war gut – zumindest relativ gut – gelaufen, bis sie es vermasselt hatte. Sie hatte das Schloss auf dem Dach mit Hexerei geknackt – ein Kinderspiel –, sich die Treppe hinuntergeschlichen und in den zwei Stockwerken unter dem Penthouse einen Brand gelegt. Feuer stellte so ziemlich den einzigen Zauber dar, den sie beherrschte. Ihre Drachendame konnte genug Funken speien, um sie mit ihrer Magie zu einem heißen, hungrigen Inferno anzufachen. Das empfand Karen immer als befriedigend – und diesmal umso mehr, weil sie zusehen konnte, wie Igor Schillers Sammlung von Kunstwerken mit Blutmotiven in Flammen aufging.

Dann war sie zum Penthouse zurückgekehrt, hatte es geschafft, sich beim dort vorherrschenden Gestank von altem Blut nicht zu übergeben, und sich den Diamanten geschnappt. Ihren Diamanten, verdammt noch mal. Nur war sie dann in den Netzzauber getappt, hatte ihn ausgelöst und so alles vermasselt. Das gehörte zu den Problemen als Halbhexe – man spürte nur bestimmte Formen von Magie. Für andere war Karen so blind wie eine Fledermaus.

Und so hatte sie ihre Chance vertan. Kein Diamant, keine Rache.

„Echt gut hingekriegt, Karen", murmelte sie. „Verdammt gute Arbeit."

Warum gingen ihre brillanten Pläne nicht richtig auf?

Wenigstens hatte ein Schutzengel auf sie aufgepasst. Oder eher ein Schutzbär.

Wie auf ein Stichwort beschleunigte sich abrupt ihr Herzschlag, und in ihren Ohren ertönte ein freudiges Klingeln. Eigentlich erbärmlich – und verdammt verwirrend. Denn sie war mit der Überzeugung aufgewachsen, dass vom Schicksal auserkorene Gefährten ein Mythos waren. Aber dann war ihre Schwester Kaya Hals über Kopf und hoffnungslos einem Wolf verfallen und war mit seliger Miene in den Sonnenuntergang davongefahren. Keine Seligkeit darüber, dass der Mann den Körper einer Frau zu verwöhnen wusste, sondern eine tiefere, die Seele beruhigende Art von Seligkeit. Die Art, die *für immer* besagte.

Aber verdammt: Konnte das Schicksal wirklich auch ein Auge auf sie geworfen haben? Es hatte sie alle Überwindung gekostet, sich nach ihrer ersten gemeinsamen Nacht von Tanner loszureißen. Und diesmal war ihr der Abschied sogar noch schwerer gefallen. Karen fühlte sich nach wie vor überwältigt von seinem Kuss. Sie genoss immer noch seinen schwachen Duft an ihrer Kleidung, träumte immer noch davon, wie seine Finger die Konturen ihres Gesichts nachgezeichnet hatten.

Gefährte, säuselte ihre Drachendame.

In Gedanken konnte sie ihre Großtante Gretchen gackernd lachen hören. *Als Hexe bist du gefeit gegen den Unsinn von wegen Schicksalsgefährten, mit dem sich so viele Gestaltwandler zum Affen machen.*

Vielleicht. Vielleicht auch nicht.

Ein Taxi fuhr vorbei. Innerlich hüpfte ein Teil von Karen auf und ab.

Halte es an! Verschwinde schleunigst aus der Stadt!

Aber Karen rührte sich nicht, denn eine andere Stimme in ihrem Hinterkopf rief unablässig Tanners Namen. Genau wie vor einigen Tagen, als sie versucht hatte, Las Vegas mit Kaya und Trey zu verlassen. Als würde ein Gummiband sie zu Tanner zurückziehen und ihn nicht gehen lassen wollen. *Wie soll ich nur die nächsten Stunden ohne ihn überstehen?* So ungefähr fühlte es sich an, und sie hatte sich geschworen, dem niemals nachzugeben.

Dennoch stand sie da und sehnte sich auf tausend verschiedene Arten nach ihrem Bären.

Mist. *Ihrem* Bären?

Er gehört zu uns. Und er hat uns gerettet. Unser Held! rief ihre Drachendame.

Karen schnaubte. Eine Drachendame sollte wirklich ein wenig mehr Stolz haben.

Er hat sich für uns in Gefahr gebracht!

Der Teil stimmte schmerzlich. Die Frage war nur, was sie deswegen zu tun gedachte.

Sie bahnte sich im Zickzack einen Weg durch die Straßen und spähte alle paar Sekunden über die Schulter. Nach und nach entfernte sie sich von den glitzernden Wolkenkratzern am

Strip und erreichte die schäbigeren Seitenstraßen des alten Las Vegas.

Ein Geist im Nadelstreifenanzug und mit Lederschuhen schlängelte sich vorbei und tippte zum Gruß an seine Melone. Eine Ratte huschte in die Schatten, am Himmel krächzte eine Krähe. Der schwache Duft der Wüste wehte mit der nachlassenden Morgenbrise heran. Karen hob das Kinn und beobachtete, wie die Farben des Sonnenaufgangs in volles Tageslicht übergingen. Eine gute Zeit, um sich draußen aufzuhalten – weil es die Vampire nicht taten. Allerdings könnten sich ihre Handlanger herumtreiben, deshalb blieb Karen trotzdem wachsam.

Sie eilte zu einer feuerroten englischen Telefonzelle an der Ecke Eighth und Fremont – eine mit Dutzenden quadratischen Fenstern und einer goldenen Krone auf dem Dach. Eine verdammte Krone, als könnte die Queen in Las Vegas auftauchen und mal eben im Buckingham Palace anrufen, um sich nach ihren Corgis zu erkundigen.

Karen huschte hinein und tippte gut drei Minuten lang mit den Fingern neben der Tastatur. Irgendwann in den letzten Stunden hatte sie ihr Handy verloren. Sollte sie ihre Schwester anrufen? Oder nicht?

Schließlich gab sie die Nummer ein. Kaya war Frühaufsteherin, und sie könnte sich Sorgen machen – oder schlimmer noch, misstrauisch werden –, wenn sich Karen nicht meldete. Und das Letzte, was sie gebrauchen konnte, war, dass ihre ältere Schwester ihr erneut zu Hilfe käme. Sie hatte sich diese Suppe selbst eingebrockt. Sie würde sie auch auslöffeln. Richtig?

Karen schürzte die Lippen.

Es klingelte zweimal, bevor ein Klicken in der Leitung ertönte und die atemlose Stimme ihrer Schwester ertönte. „Karen? Ist alles in Ordnung?"

Sie verdrehte die Augen. „Ja, Ma."

„Wo steckst du?"

„Äh... Palm Springs. Ist toll hier." Karen verschloss die Augen vor den Schaufenstern und der Stretchlimousine, die über die Kreuzung vor ihr rollte. Stattdessen stellte sie sich Golfplätze, Springbrunnen und säuselnde Palmen vor. Dann flunkerte sie eben. Und wenn schon. Sie tat es für den Seelenfrieden ihrer Schwester.

„Also bist du raus aus Vegas? Gott sei Dank. "

Nun ja, zumindest raus aus dem *Scarlet Palace*. Galt das auch?

„Wo bist du? ", fragte Karen, um ihre Schwester abzulenken.

„Zu Hause", antwortete Kaya in selten schwärmerischem Ton. Sie war die nüchterne Schwester, nicht die impulsive, emotionale. Und verdammt, wenn sich Kaya Hals über Kopf in einen Wolf verliebt hatte, von dem sie behauptete, er wäre ihr vom Schicksal auserkorener Gefährte, was für eine Chance hatte Karen dann?

„Du solltest mal sehen, wie klar die Berge heute Morgen sind", sagte Kaya. „Die Luft ist so frisch, der Bach glitzert in der Sonne... "

Karen stellte sich die zerklüfteten Gipfel und den gurgelnden Bach vor. Sie atmete ein, malte sich die saubere Bergluft aus und erinnerte sich an den zeitlosen Frieden auf dem Grundstück ihres Urgroßonkels, das mittlerweile Kaya gehörte. Karen hatte sich nie für Viehzucht interessiert. Dafür war sie öfter, als sie es zählen konnte, knöcheltief durch den kühlen Bach gewatet und hatte nach Edelsteinen gesucht.

Sie wackelte mit den Zehen in den Sandalen. Ja, es wäre schön, nach Hause zu fahren. Sie war bereits zu lange weg von dort und jagte Regenbögen hinterher. Immer auf der Suche nach etwas Aufregenderem. Allerdings hatte sie noch nirgendwo sonst grüneres Gras als zu Hause gefunden – weder in New York noch in Miami oder in Los Angeles. Und schon gar nicht in Las Vegas.

„Keine Ahnung, warum jemand woanders leben wollte", schwärmte Kaya.

Karen rief sich Tanners verträumten Gesichtsausdruck ins Gedächtnis, als er ihr in der Nacht ihrer ersten Begegnung von seinem Zuhause in den Bergen erzählt hatte. Er hatte ihr ausführlich den Nachthimmel beschrieben und begeistert von alten Kiefern- und Fichtenbeständen gesprochen, als wären sie gute Freunde. Ihre Seele summte selig, als sie daran dachte. Vielleicht könnten Tanner und sie zusammen in die Rocky

Mountains fahren. Sie könnte sich wieder dem Schürfen zuwenden. Ihre Drachendame hatte einen Riecher für die besten Steine und Juwelen. Sie hatte damit immer genug verdient, um über die Runden zu kommen.

Ehrliche Arbeit. Ihre innere Drachendame nickte.

Genau. Karen schnaubte. *Als wäre es nicht deine Idee gewesen, sich den Diamanten zu holen.*

Er ist anders. Und er sollte in den Händen von Drachen sein, nicht von Vampiren.

Schlagartig kehrten all ihre Wut und Verbitterung zurück. Sie würde Schiller und seiner blutsaugenden Bande zeigen, wozu eine wütende Drachendame fähig war.

„Wie geht's Trey?", versuchte sie, ihre Schwester abzulenken.

Ein verträumtes Seufzen drang über die Leitung. Noch vor einem Monat hätte Karen darüber die Augen verdreht. Mittlerweile jedoch... Sie dachte zurück an das elektrisierende Knistern, das ihren Körper wärmte, wann immer Tanner sie berührte. Um ein Haar wäre ihr dasselbe Geräusch herausgerutscht.

Gefährte, murmelte ihre Drachendame. *Mein Gefährte.*

Sie lehnte den Kopf gegen die Seite der Telefonzelle. Gott, warum war es nur so schwierig, gegen die Anziehungskraft anzukämpfen?

Wozu die Mühe, sich dagegen zu wehren? konterte ihre Drachendame.

Weil Karen ihren Stolz hatte. Weil Tanner für den Feind arbeitete. Weil sie einen Diamanten zu stehlen hatte. Weil... weil...

Ganz gleich, wie viele gute Gründe ihr einfielen, in ihren Gedanken kippten sie alle.

„Also habt ihr beide einen guten Start?", fragte sie, obwohl dem Gespräch nur ihre halbe Aufmerksamkeit galt.

„Na ja, hier alles in Betrieb zu nehmen, wird eine Menge Arbeit", erwiderte Kaya. „Aber es läuft super. Richtig super – ein gemeinsames Projekt für eine gemeinsame Zukunft..."

Karen unterdrückte ein kleines Seufzen. Herrgott, klang das schön. Sie war die letzten zwei Jahre von Stadt zu Stadt gezogen, stets auf der Suche nach etwas, das sie nie richtig definieren konnte.

Wir waren auf der Suche nach unserem Gefährten, flüsterte ihre Drachendame.

Es hatte sich nicht so angefühlt. Doch kaum war sie Tanner in einer Kneipe in Las Vegas begegnet, war ihre Welt auf den Kopf gestellt worden. Plötzlich fühlte es sich so an, als hätte jeder Schritt in ihrem Leben zu diesem monumentalen Ereignis hingeführt. Als hätte das Schicksal sie die ganze Zeit gesteuert. Karen hatte ihr Fernweh ausgelebt, aus tausend bitteren Fehlern gelernt... Alles, um bereit zu sein, sesshaft zu werden, wenn die Zeit gekommen war. Mit Tanner, ihrem vom Schicksal auserkorenen Gefährten.

Sie konnte es sich in allen Einzelheiten vorstellen. Er und sie, Seite an Seite beim Arbeiten in einem ruhigen Tal am Fuß der Berge. Sie würde nach Edelsteinen schürfen, er die feinsten Hölzer fällen. Sie könnten sich eine kleine Hütte mit einem großen Kamin und einer überwältigenden Aussicht einrichten und...

Jemand klopfte an die Scheibe der Telefonzelle. Abrupt schaute Karen auf.

„Machen Sie schon, Lady. Kommen Sie langsam zum Ende." Ein Mann zeigte auf seine Armbanduhr und hielt sich ein imaginäres Telefon ans Ohr, bevor er ihr sein Handy zeigte. „Mein Akku ist leer."

Nur ein harmloser Mensch, dennoch schwenkte Karens Blick rasch über die Straße. Sie sollte sich besser aus dem Staub machen und zu Plan B übergehen – oder Plan L oder Q oder wo auch immer sie inzwischen angelangt war. Tatsächlich schien es, als hätte sie das gesamte Alphabet schon einmal durch und finge wieder von vorn an.

„Du, Kaya, ich muss auflegen. Grüß Trey von mir und pass auf dich auf."

„Mache ich. Du auch auf dich", gab Kaya zurück. „Halte dich von Ärger fern, hörst du?"

Karen verkniff sich ein Schnauben. Sie steckte bereits bis zum Hals drin. Schon wieder.

Karen legte auf, verließ hastig die Telefonzelle und folgte einer Seitengasse zu dem einzigen Ort in Las Vegas, an dem sie vor Vampiren sicher sein würde.

Hoffentlich.

Möglicherweise.

Vielleicht.

Als sie einen letzten Blick über die Schulter warf, hallten die Worte ihrer Schwester durch ihren Kopf. *Halte dich von Ärger fern, hörst du?*

Kapitel 9

Tanner überprüfte in der Spiegelung eines Schaufensters, ob ihm jemand folgte, während er die Fremont Street entlangging und sich bemühte, wie ein Tourist zu schlendern, statt zu hetzen. Was ihn einiges an Selbstbeherrschung kostete, denn sein Bär trieb ihn brüllend und tobend an.

Jetzt mach schon! Ich muss zu meiner Gefährtin!

Verflixt. Wie konnte sich das Tier so sicher sein? Und wie könnte seine Gefährtin eine Hexe sein?

Nur eine halbe Hexe, stellte der Bär richtig. *Zugleich eine halbe Drachendame.*

Tanner schnaubte. Als ob das eine gute Partie für einen Bären wäre.

Sie ist perfekt! kam begeistert von seinem Bären.

Sie verheißt Ärger.

Der Bär zuckte nur mit den Schultern, als spielte das überhaupt keine Rolle. *Sie steckt in Ärger. Wir holen sie heraus.*

Und wieder fragte sich Tanner, wie sich das Tier so sicher sein konnte. Und was würde sein Clan dazu sagen? Er befand sich in Las Vegas, um seiner Familie zu helfen, nicht um verrückte Drachenhexen zu retten.

Meine Drachenhexe, korrigierte sein Bär.

Die Hupe eines Autos plärrte, und er wirbelte den Kopf herum. Verdammt, er musste sich wirklich konzentrieren und darauf achten, dass er nicht verfolgt wurde. Igor Schiller war wutentbrannt gewesen, als er erfahren hatte, dass Karen geflohen war. Und obwohl sich der gesamte Zorn gegen Antoine gerichtet hatte, konnte man nie wissen.

Tanner mischte sich unter die Leute, bevor er in eine Seitenstraße huschte. Atemlos verharrte er in den Schatten und hielt Ausschau nach Anzeichen auf Beschattung. Er hatte darauf geachtet, sein Motorrad ein paar Blocks entfernt zu parken und zehn Minuten lang umherzuschlendern, um sich zu vergewissern, dass man ihm nicht gefolgt war.

Niemand verfolgt uns, behauptete sein Bär. *Gehen wir endlich.*

Nach einem letzten Blick zurück ging er in eine Gasse und bog nach rechts ab. Und dort, gekennzeichnet von rote Fahnen, goldenen Statuen und hohen chinesischen Türmen an der falschen Fassade, wartete sein Ziel: das *Golden Panda.*

Die süß-sauren Aromen von chinesischem Essen wehten durch die Gasse. Deshalb würde sich wohl kaum ein Vampir in die Nähe verirren – keine saftigen Steaks, keine brutzelnden Grills. Reis, Hühnchen und Sojasoße entsprachen nicht unbedingt Vampirkost. Karen war ein verdammtes Genie.

Natürlich ist sie das. Sein Bär grinste.

Tanner leckte sich die Lippen. Es war ein verdammt langer Tag gewesen, außerdem hatte er in der vergangenen Nacht Dienst gehabt. Ihm war nur ein kurzer Zwischenstopp in seinem Zimmer in einer schäbigen Pension gelungen, bevor er hierher gerast war. Eine Portion Chop Suey wäre genau das Richtige.

Als er jedoch die goldenen Statuen zu beiden Seiten der Eingangstür erreichte, hielt er inne, weil ihm Gestaltwandlergeruch in die Nase stieg. Nur vermochte er nicht zu sagen, welcher Art. Vielleicht Tiger wie jene, die man auf die Fenster gemalt hatte? Drachen? Hatte Karen hier entfernte Verwandte?

Mit angespannten Schultern schwang er die Tür auf. Was würde er tun, wenn er sie sah? Was würde er sagen? Und was genau erwartete ihn im Lokal?

Tanner schob sich durch einen roten Samtvorhang und sah sich um. Sechs schlichte Tische standen links, sechs weitere rechts. Insgesamt fünf Gäste saßen an ihnen. Drei spielten auf einer Seite murmelnd Mah-Jongg, zwei aßen auf der anderen gekonnt mit Stäbchen. In den Ecken des Restaurants standen riesige, mit Bambushalmen gefüllte Vasen, an den Wänden hingen mit dicker Kalligrafie gestaltete, stilisierte Landschaftsbilder. Geradeaus befand sich eine Theke mit Fotos der verschiedenen Gerichte. Kurzum, kein wesentlicher Unterschied zu jedem anderen preiswerten chinesischen Restaurant irgendwo.

Abgesehen von dem riesigen Pandabären, der an der Kasse saß und auf einem Bambushalm kaute. Als Tanner ein paar Mal blinzelte, saß an der Stelle stattdessen ein älterer asiatischer Mann mit einem langen, dünnen Bart und hielt statt Bambus ein dünnes Röhrchen.

Oha. Hatte er sich etwas eingebildet, oder hatte sich der Bursche so blitzschnell verwandelt?

Der Perlenvorhang, der den Bestellschalter von der Küche trennte, teilte sich. Eine junge Frau mit einer *Hello Kitty*-Schürze trat heraus.

„Willkommen im *Golden Panda*. Ein Getränk für den Bären?"

Tanner legte den Kopf schief. Besaßen Pandas einen genauso feinen Geruchssinn wie Bären? Oder erkannte sie auf andere Weise, was er war? Tanner fuhr sich mit der Hand übers Kinn. Er hatte keine Zeit gehabt, sich zu rasieren, bevor er hergekommen war. Aber er spürte gewöhnliche männliche Stoppeln, keine Grizzly-Behaarung. Hm. War er so offensichtlich ein Gestaltwandler?

Er schnupperte. Auch bei den drei Gästen auf der rechten Seite musste es sich um Pandas handeln. Die beiden links mit den merkwürdigen Schnurrbärten schienen... irgendwelche Primaten zu sein. Er stutzte. Was für Primaten hatten igelige Kopfbehaarung und seitwärts abstehende Schnurrbärte?

„Äh..." Er kratzte sich am Kopf und versuchte, wieder in die Spur zu finden. „Ich hätte gern Drachensuppe."

Er kam sich albern dabei vor, die Worte wie einen Spionagecode auszusprechen. Aber wenn er Karen dadurch wiedersehen könnte...

Die Frau verengte die Augen zu Schlitzen. Nachdem sie ihn kurz gemustert hatte, wechselte sie ein paar Worte auf Chinesisch mit dem alten Mann.

„Einen Moment bitte", sagte sie schließlich und verschwand wieder in die Küche.

Der Perlenvorhang fiel hinter ihr zu, und Tanner hätte schwören können, dass er sah, wie sich ihr Körper in eine pelzige, schwarz-weiße Gestalt verwandelte. Ein Panda mit einer *Hello Kitty*-Schürze?

Er trat beiseite und wartete. In der Zwischenzeit betrachtete er die Fotos an einer Wand. Zuerst dachte er, es wären Naturaufnahmen von Pandas in freier Wildbahn. Bald jedoch kam ihm der Verdacht, dass es sich um Urlaubsfotos handelte. Er konnte sich gut vorstellen, welche Erzählungen damit einhergehen würden. *Da ist Opa mit seinen Neffen in der Provinz Sichuan...*

Unter den Fotos der Pandas hing ein gerahmtes Poster, das aus einer Ausgabe des *National Geographic* stammen musste. *Säugetiere Großchinas* stand am unteren Rand. Gezeigt wurden Pandas, Tiger und... Tanner beugte sich vor, um herauszufinden, worum es sich bei diesen schnurrbärtigen Affen handelte. *Der Francois-Langur oder Tonkin-Schwarzlangur ist der am wenigsten erforschte Vertreter der Unterfamilie der Colobinae...*

Tanner warf einen Blick zu den beiden Männern, die an ihrem grünen Tee nippten, dann schaute er zurück zum Poster. Tonkin-Schwanzlangure also?

Sein Bär zuckte mit den Schultern. *Solange sie nicht mit Wurfsternen bewaffnet sind, soll es mir recht sein.*

„Hier lang." Die Frau mit der Schürze war zurück und wies ihm den Weg in einen Seitengang.

Tanners Herz schlug schneller, während er durch den schmalen Korridor ging. Es roch nach Weihrauch, Ingwer und Jasmintee. Alles so ungewohnt, so schwer zu deuten.

„Hallo?", rief er, als er einen runden, für private Gesellschaften mit üppigem, luxuriösem Dekor ausgestatteten Raum erreichte. Das Einzige, was zwischen den weich gepolsterten Sofas an den Seiten und dem Strauß exotischer Blumen auf dem Tisch in der Mitte fehl am Platz wirkte, war ein billiger Laufstall. Zwei flauschige Pandababys linsten ihn mit großen, runden, schwarz umringten Augen an.

Das rechte gähnte und blinzelte, das andere wackelte mit den überdimensionierten Ohren und quiekte.

„Äh, hi", murmelte Tanner und sah sich um.

Ein Dutzend Räume mit milchverglasten Türen zweigten von dem zentralen Raum ab, alle geschlossen. Bis auf eine. Als Tanner hinging, stockte ihm der Atem.

Der Raum wies Tapeten in sattem Rot und Gold auf. Rote Lampen mit Quasten erhellten ihn. Einige zierten Drachen, andere Tiger. Und alle schienen ihm stumm entgegenzubrüllen. Aber sein Blick schnellte daran vorbei zu Karen, die auf der gegenüberliegenden Seite der kleinen Kammer stand.

Sie trug ein figurbetontes rotes Seidenkleid mit einer langen Reihe von Knöpfen in Schlaufen, die ihren Körper entlang kleine Kreuze bildeten. Karen sah ihn mit großen, funkelnden Augen an – vermutlich genauso groß, wie sich seine in dem Moment anfühlten. Das Haar trug sie zu einem Dutt hochgesteckt. Mit vor der Brust verschränkten Armen stand sie da und wirkte genauso unsicher, wo sie anfangen sollte, wie er.

„Karen", murmelte er.

„Tanner", flüsterte sie zurück.

Allein beim Klang seines Namens von ihren Lippen lief ihm ein Schauder der besten Art über den Rücken. Als er vortrat, streifte er mit dem Kopf eine der Lampen.

Karen, hätte er beinah wiederholt, doch plötzlich fühlte sich sein Verstand völlig leer an. Selig und unschuldig leer wie damals, als er sie zum ersten Mal gesehen hatte.

Gefährtin, hauchte sein Bär. *Gefährtin.*

Obwohl sich ihre Lippen bewegten, drang kein Laut über sie, und Tanner konnte nur an ihre Küsse denken. Den forschenden, prüfenden Kuss von ihrer ersten Begegnung und die leidenschaftlichen Küsse, die im Handumdrehen daraus entstanden waren. Ebenso dachte er an die begierigen Küsse ihrer ersten Nacht und den verzweifelten, verwirrten Kuss von vor wenigen Stunden. Alle verschmolzen miteinander, bestürmten ihn wie ein Inferno – und zack, schon stand sein Körper wieder in Flammen.

Unterbewusst überwand er den Abstand zwischen ihnen und streckte sich nach ihr. Karens Gesichtsausdruck verriet ihm, dass sie mit einem Kuss statt der befürchteten Ohrfeige reagieren würde. Aber als seine Lippen die ihren streif-

ten und ihre Körper begannen, sich aneinanderzuschmiegen,
ertönte hinter Tanner ein Knall. Er wirbelte herum und baute
sich schützend vor Karen auf.

Eine zahnlose alte Dame lachte gackernd und zündete die
im Raum verteilten Kerzen an. Kerzen – als bräuchte die Kammer noch mehr Atmosphäre oder Wärme.

„Esst, esst", krächzte die Frau und winkte sie beide zum
Tisch.

Hunger hatte Tanner durchaus. Allerdings stand ihm der
Sinn im Augenblick nicht nach Klößen und Chow mein.

„Du musst am Verhungern sein", murmelte Karen. Wieder
wirbelte sein Kopf herum. Meinte sie das ernst, oder zog sie
ihn auf? Bei ihr wusste er das nie so genau.

In ihren Augen funkelte es, ihr Körper jedoch wirkte steif
und aufrecht. Ungefähr so steif wie ein Teil von ihm, weil er
ihr vor wenigen Sekunden so nah gekommen war.

Verdammt. Vielleicht war sie doch eine Hexe. Vielleicht ver-
hexte sie ihn.

Und dann ereilte ihn eine Erkenntnis. *Großmutter Mae hat
doch gesagt, dass Liebe magisch ist, oder?*

Es gab auf der Welt gute und schlechte Magie. Genau, wie
es gute und schlechte Bären gab. Vielleicht sollte er Karen eine
Chance geben.

Du musst ihr unbedingt eine Chance geben, betonte sein
Bär. *Gib uns eine Chance.*

Er holte tief Luft, zog einen Stuhl für Karen heran und
versteckte so viel von seiner ausgebleichten Jeans dahinter, wie
er konnte. Karen war herausgeputzt wie ein Star, während er
aussah wie ein x-beliebiger Typ von der Straße.

Kurz wanderte ihr Blick über ihn, und er hätte schwören
können, dass der Kontrast sie kein bisschen störte.

Als sie sich an ihm vorbeischob, um Platz zu nehmen, streifte ihr Duft seinen Körper wie eine weiche Decke und bettelte
ihn förmlich an, sich näher zu schmiegen und sie zu wärmen.
Es kostete ihn alle Überwindung, den Stuhl hineinzuschieben,
statt ihn nach hinten zu kippen und ihre Haut zu küssen.
Tanner begab sich zu dem Stuhl ihr gegenüber an dem kleinen Tisch. Unterwegs drängte er tausend Fantasien für später

zurück – und hoffte dabei inständig, dass es ein Später geben würde. Fantasien davon, die cremige Haut direkt unter ihrem Ohr zu küssen, daran zu nuckeln und zu lecken. Davon, ihren Dutt zu öffnen, die Finger durch ihr Haar zu fädeln und sie näher zu sich zu ziehen. Davon, sie anzufassen, an ihr zu riechen...

Er ballte die Hände zu Fäusten, als die alte Frau geräuschvoll ein Tablett auf dem Tisch abstellte und ihm eine Tasse grünen Tee einschenkte.

„Also, was darf's sein?", fragte Karen ihn.

Ihre Nasenflügel blähten sich, und er fragte sich, ob sie Essen oder etwas anderes meinte. Und verdammt, sein Bär stimmte für Letzteres. Aber er war nicht gekommen, um sich erneut hinreißen zu lassen. Er war gekommen, um... äh... um...

„Du entscheidest", brachte er mit belegter Stimme hervor.

Als sich Karen über die Lippen leckte und ihn dabei ansah, hätte er um ein Haar die Kontrolle über sich verloren. Mit einer einzigen Handbewegung könnte er den Tisch aus dem Weg schieben und Karen auf seinen Schoß ziehen, um sie förmlich zu verschlingen.

Sie klemmte sich die Unterlippe zwischen die Zähne und holte tief Luft.

„Ma Po Tofu", sagte sie zur Kellnerin. Dabei schaute sie fragend zu Tanner, ob er damit einverstanden war. „Und eine Portion Rindfleisch mit Brokkoli und weißem Reis."

Tanner nickte knapp und sagte sich, dass sie recht hatte. Sie mussten reden, ein paar Dinge klären. Aber eins nach dem anderen, richtig?

Unbedingt... kam knurrend von seinem inneren Bären, dem ein Festmahl anderer Art vorschwebte.

Die Kellnerin stellte eine Tasse Suppe vor Tanner und verließ den Raum. Tanner betrachtete Karen durch die sich kräuselnden Dampfschwaden, die aufstiegen, sich teilten und wieder vereinten. Was sollte er sagen? Womit sollte er anfangen?

Karen, bist du eine Hexe? Eine der tausend Fragen, die ihm im Kopf herumschwirrten, drängte sich in den Vordergrund, aber er sprach sie nicht aus. Dafür war er noch nicht wirklich bereit.

Karen, spürst du ihn auch? Diesen unstillbaren Durst?

Sollte er es zugeben? Oder nicht?

Karen, bist du meine vom Schicksal auserkorene Gefährtin?

Wenn sie es nicht wäre, wurde er durchdrehen, denn noch keine Frau vor ihr hatte etwas Derartiges bei ihm bewirkt.

„Also", begann er langsam, als es ihm endlich gelang, Worte durch die fest zusammengepressten Lippen zu zwängen. „Erzähl mir von dem Diamanten."

Kapitel 10

Karen verbarg ihre zitternden Finger auf dem Schoß und bemühte sich, Tanners ruhigem Blick zu begegnen. Am liebsten hätte sie die Hand ausgestreckt und seine Haut gestreichelt. Eine Berührung der rauen Stoppeln an seinem Kinn. Ein zartes Nachfahren der perfekten, schräg verlaufenden Augenbrauen. Nur ein wenig Körperkontakt, um ihre angespannten Nerven zu beruhigen.

Aber ihn zu berühren, würde nur das Feuer in ihr zu einem Inferno anfachen, das wusste sie. Er befand sich ihr so verlockend nah und schien genauso scharf auf sie zu sein wie sie auf ihn. Und verdammt, in ausgebleichter Jeans und einem T-Shirt sah er noch besser aus als in einem Anzug. Freier, entspannter.

Na ja, vielleicht nicht gerade entspannt, wenn man nach der gerunzelten Stirn und dem dunklen, suchenden Blick ging. Aber trotzdem.

Sie rang die Hände und räusperte sich.

„Vom Diamanten?", hakte sie nach, weil sie überzeugt davon war, dass ihm in Wirklichkeit nicht diese Frage auf der Zunge gelegen hatte.

Er deutete auf die Mitte seiner breiten Brust, und einen Moment lang hatte ihr Gehirn einen Kurzschluss. Oha. Wäre er eine Frau, hätte sie gesagt, dass er verdammt viel Holz vor der Hütte hatte. Und ja, sie würde die Stelle nur zu gern berühren. Hatte sie tatsächlich schon – und sie auch geküsst. In jener unglaublichen Nacht vor nicht allzu langer Zeit.

Er beließ den Daumen dort auf seinem Shirt, wo der Anhänger einer Halskette baumeln würde. „Vom Diamanten."

„Ach, du meinst den Diamanten." Sie riss sich von ihren Fantasien los. Die Worte drangen schroff und verbittert aus ihr, als sie sich ihr kostbares Familienerbstück zwischen Elviras künstlichen Brüsten vorstellte.

Tanner hob die Hände, als wollte er zum Ausdruck bringen: *Ganz ruhig. Ich frage ja nur.* Entweder war sie so einfach zu durchschauen wie die Brühe ihrer Suppe, oder der Mann konnte in ihr lesen wie in einem Buch.

„Du hast gesagt, er gehört deiner Familie", hakte Tanner nach.

Karen starrte auf ihre Schüssel, betrachtete die in der Suppe treibenden Frühlingszwiebeln und überlegte, ob sie eine Erklärung wagen sollte. Sie frage sich, ob sie sich zusammenreißen könnte, wenn sie es täte.

Tanner streckte den Arm nach ihr aus, hob sanft ihr Kinn an und schenkte ihr ein schiefes Lächeln, das besagte: *Es ist alles gut. Es kommt alles in Ordnung.* Als würde er all ihre Sorgen, ihre Unsicherheiten und ihre Ängste wirklich verstehen.

Der Blick dieses Mannes fühlte sich magisch an. Und seine Berührungen... ließen sie förmlich davontreiben. In einen Traum, den sie niemals enden lassen wollte.

„Das ist nicht wirklich Drachensuppe, oder?", scherzte er und lockerte damit die Anspannung im Raum auf.

Karen schüttelte den Kopf und riss sich zusammen. „Nein. Nur scharf-saure Suppe."

Er deutete über eine kräftige Schulter. „Kennst du die Leute, die das Lokal betreiben?"

Ein einfacheres Thema als alles andere, was sie zu besprechen hatten, Gott sei Dank.

„Entfernte Cousinen und Cousins mütterlicherseits", erwiderte sie zwischen zwei Löffeln Suppe. Die Drachen aus dem alten Europa und jene aus dem Orient waren im Wesentlichen seit Tausenden Jahren getrennt geblieben, dennoch mischten sie sich vereinzelt untereinander.

„Du meinst von deiner Drachenseite?", hakte er leise nach.

Karen erstarrte mit dem Löffel auf halbem Weg zum Mund. Mist, hatte er ihre andere Hälfte durchschaut?

Sie betrachtete die Augen, die sie studierten – dunkel, tief und ja, ein wenig argwöhnisch. Die Welt war voll von verschiedenen Gestaltwandlerarten, und obwohl zwischen manchen Rivalität bestand, akzeptierten sich die meisten gegenseitig. Hexen jedoch wurden als Außenseiterinnen betrachtet – als so andersartig wie Vampire.

Ihr Kinn sank. Wollte er wirklich ihre Familiengeschichte hören? Herrje, es sah ganz danach aus. Karen entschied sich für die Kurzfassung und beschloss, die Emotionen außen vor zu lassen.

„Meine Mutter ist eine Drachin. Ihr erster Gefährte war auch ein Drache, und sie haben meine Schwester Kaya bekommen."

Tanner nickte, schwieg jedoch. Er schien kaum zu atmen.

„Aber er ist in einem Kampf umgekommen. Ein paar Jahre später... Na ja, meine Mutter hat sich eine Zeitlang mit einem Hexenmeister eingelassen. Meinem Vater."

Tanners unergründliche Miene schüchterte sie ein, trotzdem fuhr sie fort. Bestimmt würde er sie nicht wegen ihrer Herkunft ablehnen, für die sie nichts konnte, oder?

„Die Drachenhälfte der Familie hat sich geweigert, ihn zu akzeptieren, und am Ende ist er gegangen." Karen bemühte sich, ihrer Stimme einen ruhigen Klang zu verleihen, als sie versuchte, die bittersten Erinnerungen zu überspringen. Die Tränen ihrer Mutter, den wütenden Blick ihres Vaters, als er gegangen war. Die Einsamkeit, die sie als Außenseiterin in ihrer eigenen Familie empfunden hatte. Bedingungslos geliebt hatte sie nur der Vater ihrer Mutter, der weiseste und freundlichste Drache, der je gelebt hatte. Er hatte sie als Einziger zu Besuchen im Sommer bei ihrem Vater ermutigt. *Familie ist Familie*, pflegte er zu sagen. Und: *Wer weiß? Vielleicht lernst du ja das eine oder andere von ihm.*

Und das hatte sie. Sogar jede Menge, obwohl sie nie ein Talent für Magie besessen hatte wie ihre Cousins und Cousinen aus dem Hexenvolk. Ähnlich, wie sie nie die vollen Kräfte ihrer Drachenherkunft ausschöpfen konnte.

Von allem ein bisschen. Ihr Großvater hatte ihr oft lächelnd den Kopf getätschelt.

Sie hatte verbitterte Worte bei sich gemurmelt. *Und nichts richtig.* Sie konnte nicht fliegen und war bestenfalls eine zweitklassige Hexe. Was brachte das?

Der Löffel zitterte in ihrer Hand, also legte sie ihn weg. Tatsächlich knallte sie ihn praktisch hin, schloss die Augen und versuchte, die sie verhöhnenden Stimmen im Kopf zu ignorieren.

Du kannst nicht mal fliegen.

Du kannst nicht mal einen richtigen Zauber wirken.

Du bist wie eine Promenadenmischung, weißt du das?

Dann schloss sich etwas Warmes und Starkes um ihre Hand. Die Gedanken kniffen prompt den Schwanz ein und ergriffen die Flucht.

„Hey." Tanner streichelte mit dem Daumen ihre Haut und betrachtete sie auf völlig neue Weise.

Karen blinzelte, bis das kratzige Gefühl aus ihren Augen verschwand. Dann ratterte sie weiter die Geschichte im Eilzugstempo herunter, denn Worte waren immer noch besser als Tränen, oder?

„Ich habe einige Zeit mit meinem Großvater verbracht, bevor er gestorben ist. Er hat mir all die alten Drachengeschichten erzählt." Davon gab es Hunderte, die sich über Ewigkeiten zurückerstreckten, praktisch bis zum Anbeginn der Zeit. Geschichten von Rittern und Burgen, von geschlagenen und gewonnenen Kämpfen. Erzählungen von großen Preisen und Heldentaten. Während Karen sprach, kämpfte sie darum, konzentriert zu bleiben. Denn nur allzu leicht konnte sie sich ausmalen, wie sie lange Winterabende in einer Hütte mit Tanner vor einem knisternden Feuer verbrachte und ihm all diese Geschichten von Anfang bis Ende erzählte.

„Mein Großvater hat den Blutdiamanten nur einmal gesehen – als Kind, bevor der Stein im Zweiten Weltkrieg von Vampiren gestohlen wurde. Dass es ihm nie gelungen ist, ihn aufzuspüren, war das Einzige, was er im Leben bereut hat."

„Blutdiamant?" Tanners Augenbrauen schossen in die Höhe. „Ich dachte, der wäre eine Vampirreliquie."

Karen schnaubte. „Das hätten sie gern. Der Name rührt daher, dass er von der Drachendame, die ihn ursprünglich gefunden hat, mit einem Tropfen ihres Bluts gewaschen wurde. Das hat ihm seine besondere Schattierung und diesen Glanz verliehen." Beinah hätte sie die Augen zusammengekniffen, als sie daran zurückdachte, wie sie den Edelstein in Schillers Penthouse ins Mondlicht gehalten hatte. Der strahlendste, klarste, wertvollste Diamant, den sie je gesehen hatte.

„Ich habe lange nach dem Blutdiamanten geforscht und versucht, ihn aufzuspüren. Und eine Ewigkeit habe ich nichts gefunden." Sie stützte sich auf die Ellbogen. „Bis ich eines Tages zufällig auf eine Anzeige für eine Auktion gestoßen bin."

Tanner zeigte auf sie, als wüsste er genau, wovon sie redete. „Die Auktion hier in Las Vegas vor einem Monat?"

„Richtig. Eine Auktion, die damit geworben hat, schier unglaubliche Kostbarkeiten zum ersten Mal ans Licht zu bringen."

„Darunter der Blutdiamant."

„Darunter der Blutdiamant." Sie nickte. „Also bin ich hergekommen, um ihn mir anzusehen. Um ihn zu überprüfen. Ich habe mich sogar zur Auktionsbesichtigung geschlichen..."

„Natürlich hast du das." Er seufzte.

„Und als ich ihn dann gesehen habe..." Sie verstummte und bewegte die Hände durch die Luft, als wäre der Diamant vor ihr, pulsierend mit einer Kraft, die nur ein Drache spüren konnte. „Da wusste ich, dass er es wirklich ist."

Und dass ich ihn unbedingt haben muss, fügte sie nicht hinzu, weil es nicht um Gier ging. Sondern um Familienstolz. Darum, ein Unrecht wiedergutzumachen. Darum, sich zu beweisen.

„Ich wollte ihn nicht für mich. Er sollte nur wieder zurück zu den Drachen. Damit er ihnen Macht verleihen kann, statt von Vampiren wie ein weiteres teures Spielzeug zur Schau getragen zu werden. Ich wollte ihn den Drachenältesten geben und nicht für mich behalten."

„Wieso?"

„Wieso? Um zu beweisen, was ich kann, statt zu demonstrieren, was ich nicht kann. Um endlich akzeptiert und geschätzt zu werden. Um... um..." Karen geriet ins Stammeln. Ihre Schultern zitterten, bis Tanner die Hand um ihre legte und sie verankerte.

Scharf atmete sie ein und starrte in ihre Suppe. Wow. Hatte sie je so viele Gefühle auf einmal in einen Atemzug gepresst? Hatte sie sich je zuvor selbst so viel eingestanden?

Tanner ließ eine wortlose Minute verstreichen. Seine Finger liebkosten die ihren, während die Kerze auf dem Tisch flackerte und Schatten über ihre Hände warf.

„Ich schwöre, ich hätte ihn den Ältesten gegeben", flüsterte sie.

„Natürlich hättest du das." Er sprach es mit solcher Überzeugung, solch unerschütterlichem Glauben aus, als wäre es selbstverständlich und kein kleines Wunder.

Bären besaßen Ehre, das wusste Karen. Bären wie ihm konnte sie vertrauen. Die Frage lautete, ob er ihr vertrauen würde.

„Dann hat Schiller ihn gekauft." Tanner bedeutete ihr, fortzufahren.

Karen schüttelte den Kopf. „Er *hat so getan*, als würde er ihn kaufen. In Wirklichkeit war er die ganze Zeit der Besitzer. Der Teil wurde natürlich verschleiert, damit er sich als Käufer ausgeben konnte. Es war alles bloß ein Werbegag, um Aufmerksamkeit für das Casino zu generieren." Es hatte sie mehrere Hundert Dollar gekostet, einem für das Auktionshaus arbeitenden Schlangengestaltwandler durch Bestechung die Wahrheit zu entlocken.

Tanner nickte. Abscheu sprach aus seinem Gesicht. „Passt perfekt zu Schiller. Dieser Drecksack."

„Seine Familie hat den Diamanten von meiner gestohlen. Die Auktion war bloß eine Scharade. Die hohe von ihm bezahlte Summe hat die Preise für alle anderen Diamanten bei der Auktion in die Höhe getrieben und etliche neue Gäste ins Casino gelockt. Außerdem konnte er so den Diamanten aus seinem Tresor holen, wo immer der sein mag, und ihn vorzeigen, ohne dass ihm allzu viele Fragen darüber gestellt wurden, woher er ihn hatte. Und dann hatte der Mistkerl auch noch die Frechheit, mein Familienerbstück zwischen Elviras Hupen zu zwängen."

Tanner schaute finster drein, als fände er das Bild genauso verstörend wie sie.

Aber immer noch klang er skeptisch. „Also hast du beschlossen, ihn zu stehlen?"

„Okay, okay, das war vielleicht nicht der beste Plan. Aber irgendetwas musste ich unternehmen. Und es ist ja nicht so, als hätte ich diesen verfluchten Grafen aus Transsilvanien bei seiner eigenen Scharade überbieten können. Neunzehn Millionen hat er hingeblättert."

Tanner kratzte sich nachdenklich am Kinn. „Neunzehn Komma zwei."

„Du warst dabei?", entfuhr es Karen.

Er nickte, und sie hätte beinah den Tisch umgestoßen. „Du warst bei der Auktion? Du hast zugesehen und zugelassen, dass Graf Fangula etwas gekauft hat, das rechtmäßig mir gehört?"

Er hob die Hände zu der Geste, die er so gut beherrschte und die besagte: *He, langsam, ich bin der Gute.* „Ich wusste ja nicht, dass er dir gehört. Ich wusste es nicht."

Eine Sekunde lang starrten sie sich gegenseitig an, während tausend Gefühle in Karens Herz und Verstand aufeinanderprallten. Wut. Lust. Verrat. Liebe. Hoffnung. Bittere Resignation.

„Warum arbeitest du eigentlich für diese Ärsche?", platzte es schließlich aus ihr heraus.

Er öffnete und schloss mehrmals den Mund, bevor er den Blick auf seine Suppe senkte. „Ist eine lange Geschichte."

„Fass es zusammen", schoss Karen zurück.

Er sah sie an, und zum ersten Mal wirkte er zweifelnd, ja geradezu verlegen.

„Na schön, ich sage es dir." Seine Stimme klang ein wenig belegt, während er alles im Raum ansah außer ihr. „Während du isst. Ich habe das Gefühl, es wird eine lange Nacht."

Kapitel 11

Tanner blähte die Wangen, dann zwang er sich, ein wenig Suppe zu löffeln. Sein Appetit war so gut wie verschwunden, als Karen auf Schiller zu sprechen kam, seinen Boss. Seinen gottverdammten Vampirboss. Verflucht, wie hatte er dieser Mission je zustimmen können?

Kurz schwieg er, um nicht über die eigenen Worte zu stolpern. Er war ein Bär, der für einen Vampir arbeitete. Mist. Wie wirkte er dadurch?

Und an der Stelle wurde ihm klar, dass er es besser wissen müsste, als voreilige Schlüsse über jemanden zu ziehen. Vielleicht spielte es doch keine so große Rolle, dass Karen zur Hälfte eine Hexe war. Immerhin zählte unter dem Strich das Herz, oder?

Das Herz. Sein Bär nickte. *Die Seele.*

Tanner sah ihr tief in die Augen und hätte sich beinah darin verloren. Es musste sich in Gedanken schütteln, um sich wieder auf ihre Frage zu konzentrieren. Warum arbeitete er für die Blutsauger?

„Schillers Holding...", begann er.

Karen fiel ihm schnaubend ins Wort.

„Scarlet Enterprises?"

Er nickte. „Der Konzern expandiert, sogar bis nach Idaho. Mein Bärenclan hat Wind von ihrem neuesten Projekt dort bekommen."

Die betagte Kellnerin unterbrach das Gespräch, indem sie die Suppenschüsseln gegen Tabletts mit Essen austauschte, bevor sie wieder davonschlenderte.

„Lass mich raten", sagte Karen, als er einen Bissen Rindfleisch nahm. „Ein weiteres Casino?"

„Ja. Sie wollen es mitten hinein in einen unberührten Wald pflanzen, der an unser Land grenzt. Wir haben die Pläne gesehen. Vermarkten wollen sie es als einen Ort der Begegnung mit der Natur."

„Genau." Karen schnaubte verächtlich. „Begegnung mit der Natur wie hier in Vegas? Man kann kaum unterscheiden, wann Tag und wann Nacht ist, geschweige denn frische Luft atmen."

Das kannst du laut sagen, meinte sein Bär seufzend.

„Wir dachten, das Land wäre ein unantastbares Reservat. Aber wie sich herausgestellt hat, wird die Urkunde von einer indigenen Gruppe angefochten." Bei der „indigenen Gruppe" malte er Anführungszeichen in die Luft.

„Wie indigen?"

Tanner schüttelte den Kopf. „Ungefähr so indigen wie Schiller."

„Und was ist die Verbindung?"

„Schillers Männer haben einen Kerl aufgetrieben, der zu einem Zweiunddreißigstel Ureinwohner ist – gerade genug, um zu zählen. Sie habe ihn geschmiert und die Kampagne finanziert, um die Rechte an dem Land zu erlangen."

„Wie wär's, wenn ihr diesen Kerl stattdessen kauft?"

„Haben wir versucht, aber wir können mit Schillers Angebot nicht mithalten."

„Und das wäre?"

„Sechs Millionen Dollar."

Karen stieß einen leisen Pfiff aus, Tanner hingegen verzog gequält das Gesicht. Sein Clan war reich an den Dingen, die wirklich zählten – frische Luft, sauberes Wasser, dichte Wälder. Die Bargeldreserven hingegen waren eher spärlich. Und das Letzte, was sie wollten oder brauchten, war eine Gruppe von Vampiren, die nebenan ein Casino betrieb. Der Wald, der als Pufferzone an ihren eigenen grenzte, würde abgeholzt werden, und überall würden sich Außenstehende herumtreiben. Menschen und, schlimmer noch, Vampire, die ihre eigene Form des organisierten Verbrechens überallhin auszuweiten schienen.

„Gibt es gar keine andere Möglichkeit, es zu verhindern?"

Er nickte. Gott sei Dank. „Da ist noch ein anderer Mann, ein Eulengestaltwandler. Er ist ein echter Ureinwohner und versucht seit Jahren, das Land unter Naturschutz stellen zu lassen. Wenn er genug Geld auftreiben kann, um den Fall vor Gericht zu bringen, sticht er Schillers Mann aus, davon sind wir überzeugt. Dann bleiben das Land unberührt und das Vampirgesocks fern."

„Und wo liegt das Problem?"

Tanner schnaubte höhnisch. „Hast du eine Million Dollar übrig?"

Karen lehnte sich auf dem Stuhl zurück. Prompt stöhnte Tanners Bär ein wenig, weil sich der Abstand zwischen ihnen dadurch vergrößerte.

„Wow. Okay. Eher nicht." Als sie sich wieder vorbeugte, jauchzte sein Bär. „Also bist du wofür genau nach Vegas gekommen?"

Er spießte ein Stück Rindfleisch etwas heftiger als beabsichtigt auf. „Mein Clan hat mich hergeschickt. Die Ältesten hatten die Idee, dass ich irgendwie genug von Schillers Geld gewinnen sollte, um ihn praktisch mit den eigenen Waffen zu schlagen."

Karen grinste. „Ich muss sagen, das gefällt mir irgendwie."

„Sie haben mich damit beauftragt, Schillers Betrieb zu infiltrieren und etwas zu arrangieren."

„Etwas? Und was genau?"

Er kaute einen weiteren Bissen und spülte ihn mit einem Schluck Tsingtao-Bier herunter, um Zeit zu gewinnen. Konnte er Karen das Geheimnis anvertrauen?

Sie vertraut uns, meldete sich sein Bär zu Wort. *Also können wir ihr auch vertrauen.*

Nur so einfach war es nicht, oder?

Sicher ist es das, beharrte sein Bär. *Mach es einfach.*

Oh Mann, er konnte sich die Gesichter der Clanältesten vorstellen, wenn er nach Hause käme und beichtete, dass er nicht nur alles versaut, sondern davor auch noch Geheimnisse bei einer Frau ausgeplaudert hatte, die er kaum kannte.

„Was hältst du davon, wenn wir zuerst essen? Nicht, weil ich dir nicht vertraue", fügte er schnell hinzu.

„Ach nein?" Sie funkelte ihn mürrisch an und zeigte mit der Gabel auf ihn. „Warum sagst du es mir dann nicht?"

Er biss sich auf die Unterlippe. „Weil ich mir selbst nicht vertraue."

„Was gibt's da nicht zu vertrauen?"

Tanner schnaubte. Was er nicht vertrauen konnte? Seinen Instinkten. Seinen Emotionen. Der Abweichung vom ursprünglichen Plan. Und seinem Bären, der andauernd behauptete, diese Frau wäre seine Gefährtin. Wenn er sich nicht vorsähe, würde er im Handumdrehen mit einem Verlobungsring auf den Knien landen.

Karen musterte ihn auf eine Weise, die besagte, dass sie nicht verstand, was an ihm nicht vertrauenswürdig sein könnte. Was Tanner eine Heidenangst einjagte. Schlimm genug, dass der Clan ihm zutraute, schier Unmögliches zu schaffen. Aber dass auch noch eine wunderschöne Drachengestaltwandlerin ähnliches Vertrauen in ihn setzte...

Zum Glück kam an der Stelle die emsige Kellnerin herein, diesmal mit einem kleinen Panda auf der Hüfte.

„Wie süß bist du denn?", säuselte Karen und kraulte seine Ohren.

Tanner rechnete mit Eifersucht von seinem Bären. Stattdessen schmolz sein innerer Grizzly dahin.

So süß! murmelte der Bär. *Und eines Tages...*

Oha, Kumpel, schnitt Tanner dem Tier das Wort mit einem ausgiebigen Schluck seines Getränks ab. *Eins nach dem anderen, richtig?*

Und prompt kehrte sein Augenmerk zurück zu Karen. Zu ihren funkelnden Augen, ihren unvergleichlichen Lippen, die gerade Babylaute machten, ihrem seidigen Haar. Plötzlich gab es ringsum nichts mehr, nur noch sie beide.

Natürlich würde er ihr am Ende alles sagen. Das wusste er bereits. Jedes noch so kleine Detail seines Plans – und dass es morgen stattfinden würde, wo und wie. Die ganze Wahrheit und nichts als die Wahrheit, so wahr ihm Gott helfe. Denn seine Gefährtin konnte er unmöglich belügen.

Seine Gefährtin, die halb Drache, halb Hexe war. Oh Junge, falls er es lebend zurück nach Idaho schaffte, würde er eine Menge zu erklären haben.

So abschreckend es klingen mochte, allmählich erwärmte er sich für die Vorstellung.

Das ist Karen, würde er sagen und sie fest an sich gedrückt halten, während er sie seiner Familie vorstellte. *Meine Gefährtin.*

Sein Bär nickte zustimmend und übte bereits das kehlige Knurren, das er anstimmen würde, falls irgendein Trottel versuchte, gegen eine so verrückte Paarung zu protestieren.

Meine vom Schicksal auserkorene Gefährtin.

Klang irgendwie gut.

Nachdem die alte Dame ihr Geschirr abserviert hatte und gegangen war, musterte Karen ihn mit schiefgelegtem Kopf. „Du solltest deinen Gesichtsausdruck sehen. Woran denkst du gerade?"

„An dich", murmelte er. „An dich."

Sie streckte den Arm über den Tisch, ergriff seine Hand und strich mit den Fingern über seine. Ihre Haut fühlte sich so weich und herrlich warm an, dass er unwillkürlich die Augen schloss.

„Und woran denkst du jetzt?", fragte sie sehr leise.

„Daran, dich zu berühren", flüsterte er.

Eine stille Sekunde verstrich, bevor sie zurückflüsterte.

„Wo?"

Und *wusch!* Die kleinen inneren Flammen, die in der vergangenen Stunde vor Lust auf Karen geflackert hatten, schwollen abrupt zu einem gewaltigen Inferno an.

„Überall", antwortete er ehrlich, und seine Jeans fühlte sich plötzlich zu eng an.

Langsam verging eine sinnliche Minute. Eine Schweißperle bildete sich auf seiner Stirn, während Karen ihn mit den Augen auszog.

„Und was noch?" Ihre rauchige Stimme versetzte sein Blut in Wallung.

„Ich denke daran, dich zu küssen. Überall." Tanner malte sich aus, wo er anfangen würde – an der süßen Stelle direkt unter ihrem Ohr – und wo er von dort aus hinwandern würde. Zum Beispiel zur Vertiefung an ihrem Hals, zur Wölbung ihres

Schlüsselbeins, zu den Erhebungen ihrer Brüste. „Am liebsten würde ich dich die ganze Nacht und den ganzen Tag lieben."

Sie kicherte leise. „Bist du sicher, dass du mich meinst?"

Nur dich, warf sein Bär ein. *Es gibt nur dich. Niemanden sonst. Niemals.*

„Dich", flüsterte er und ließ seinen Daumen einen Tango mit ihrem tanzen.

„Du und ich?" Ihre Stimme wurde noch sinnlicher. Hungrig.

Er nickte. „Du und ich."

Obwohl er die Augen noch geschlossen hatte, konnte er den Raum vor sich sehen. Die seidige Tapete, die satte Farbe der roten Lampen an der Decke. Durch den Geruch der brennenden Kerzen rankte sich der unverwechselbare Duft von Erregung. Ihrer und seiner, umschlungen in den ersten Schritten einer sehr engen Samba. Tanner atmete tief durch.

„Du und ich...", sagte Karen und fuhr mit der Hand seinen Arm hinauf. Funken schossen durch seinen Körper.

„Du und ich, zusammen, wie in jener Nacht unter den Sternen."

Ihre Hand verharrte auf seiner, als sie aufstand und ihr Stuhl dabei über den Boden schrammte. Der Raum zu seiner Linken erwärmte sich durch ihre Gegenwart, als sie die Hand leicht zur Seite zog. Er schob den eigenen Stuhl zurück und ließ sie auf seinen Schoß gleiten. Fließend, als hätte sie es schon tausendmal gemacht. Freudig, als wollte sie es noch tausendmal tun. Vielleicht sogar vor einem knisternden Feuer in der Blockhütte, die er sich immer vorstellte, wenn er an die Zukunft dachte.

Ihre Lippen streiften über seine, bevor sie ihm ins Ohr flüsterte. „Hast du das Motorrad irgendwo in der Nähe?"

Sein Herz schlug schneller. Langsam nickte Tanner. Ihre Lippen verharrten an seinem Ohr, bewegten sich auf und ab, liebkosten seine Haut. Jeder einzelne Nerv in seinem Körper brüllte nach ihr.

Er legte die Arme um sie – einen um die Taille, den anderen um die Schultern. Dafür musste er nicht mal hinsehen. Sein Körper kannte den ihren instinktiv. Und als er den Mund zum Flüstern öffnete, erwarteten ihn ihre Lippen bereits. Er vermochte daher nicht zu sagen, ob sie den Kuss begann oder er. Eigentlich kümmerte es ihn nicht, als hundert herrliche Aromen seinen Mund und seine Nase erfüllten und er sie auf sich wirken ließ.

Wunderschön, murmelte sein Bär und verfiel bereits in Ekstase. *So wunderschön.*

Karen schmiegte sich näher. So nah, dass ihre Nippel gegen seine Brust drückten, ungefähr so steif wie sein bestes Stück in der Jeans. Auch die Knöpfe des engen Seidenkleids spürte er. Tanner stellte sich vor, wie er sie einen nach dem anderen aufknöpfte.

„Ich bin mir nicht sicher, ob ich es bis zum Motorrad und zu den Hügeln schaffe", murmelte er und ließ die linke Hand über ihre Rippen gleiten.

„Ich mir auch nicht." Sie küsste sich seitlich sein Gesicht entlang hinunter zum Hals und schob die Finger unter sein Shirt.

Seine Hand, die sich nach oben geschlängelt hatte, beschloss einen Richtungswechsel nach unten, wanderte über ihren Schenkel und ließ sie noch näher zu ihm rutschen. Er ertastete den Saum ihres Kleids und zog es höher. Höher. Höher...

„Tanner", flüsterte sie.

Irgendwo im Flur öffnete und schloss sich eine Tür. Tanner hob den Kopf, schaute hin und lauschte.

„Hör nicht auf", bettelte Karen und schob seine Hand zurück dorthin, wo sie gewesen war.

„Das will ich nicht. Aber ich will auch nicht, dass Oma Panda uns erwischt", erwiderte er und hielt sich mühsam zurück. Gott, Karen war sogar noch schöner, wenn sie erregt war.

Langsam und mit einem verschmitzten Lächeln rutschte sie von seinem Schoß. „Ich hab ein Zimmer im ersten Stock gemietet. Ein kleines Zimmer mit einem sehr großen Bett."

„Zeig mir den Weg, Süße." Er stand mit ihr auf, ließ ihre Hand dabei nicht los. „Zeig mir den Weg."

Kapitel 12

Karen führte Tanner aus dem Zimmer, einen Flur entlang und eine knarrende Treppe hinauf. Weiter jedoch kam sie nicht, bevor sie für einen weiteren Kuss innehielt. Sie brauchte einen kurzen Vorgeschmack auf ihn als Überbrückung, bis sie ungestört in ihrem Zimmer wären.

Aber irgendwie mutierte *kurz* zu *lang* und *leidenschaftlich*. Karen wimmerte vor lauter Lust. Und es wurde nur noch besser, als Tanner sie mit seinem großen, harten Körper an die Wand drückte.

Ihre Drachendame gurrte förmlich. Ihr gefiel, wie der Mann mit ihr umging.

Seine Hände zupften am Saum ihres Qípáo-Kleids, und sie beglückwünschte sich zur Wahl der Abendgarderobe.

„Gefällt dir das Kleid?", murmelte sie zwischen zwei Küssen.

„So sehr, dass ich es dir sehr, sehr bald ausziehen muss." Knurrend forderte er einen weiteren Kuss. Die feste Linie seiner Lippen verführte die ihren dazu, sich zu öffnen. Dann tauchte seine Zunge in ihren Mund, forschend, genießend – fordernd.

An der Stelle hätte in ihrem Kopf ein lauter Alarm schrillen müssen, denn jeder wusste, dass Bären als die besitzergreifendsten Gestaltwandler von allen galten. Davor sollte sie eigentlich auf der Hut sein. Immerhin war sie eine unabhängige Frau.

Aber sie hatte die Nase voll davon, allein zu sein. Sie wollte ihm gehören. Von ihm vereinnahmt werden. Von ihm gezeichnet werden. Von ihm beansprucht werden. Sie wollte eine innige Vereinigung statt einer willkürlichen schnellen Nummer. Und wenn es nur für diese Nacht wäre.

Nicht nur für heute Nacht, grummelte ihre Drachendame. *Für immer.*

Seine Körpersprache schrie geradezu: *Meine Frau!* Und die ihre gab dasselbe Empfinden an ihn zurück. Jedes raue Kratzen seiner Bartstoppeln auf ihrer Wange, jede Berührung seiner großen Hände schraubte ihre Vorfreude höher, während er sie mit seinem Duft zeichnete.

Ich gehöre ganz dir, vermittelte Karen ihm mit kleinen Gesten und Berührungen. Die Botschaft verschlüsselte sie darin, wie sie den Kopf zur Seite neigte, sich seiner Zunge hingab und ein Bein um seines schlang.

Seine Hüften stießen gegen ihre, und sie schlängelte sich an seinem Oberschenkel empor wie eine Boa.

„Warte", stieß er keuchend hervor und hob ihr Bein höher. Gleich darauf stöhnte sie etwas Unverständliches.

Sie bewegten sich zwar schnell, doch als die Flutwelle der Lust erst über sie hereingebrochen war, blieb ihnen nichts anderes mehr übrig, als sich davon mitreißen zu lassen.

Nicht Lust, stellte ihre Drachendame richtig. *Liebe. Das ist mein Gefährte.*

„Gefährte?", flüsterte sie und zuckte prompt zusammen. Sie hatte nicht vorgehabt, es laut auszusprechen.

In Tanners Augen schimmerte ein sattes, intensives Licht, als er nickte. „Gefährtin", flüsterte er zurück.

Einen Moment lang verlor sie sich in seinen Augen, als wären sie Kristallkugeln mit einem darin wirbelnden Nebel, der ihre Zukunft verschleierte. Dann klappte Tanners Mund auf, und sie beugte ihm den Kopf für einen weiteren Kuss zu. Und noch einen und noch einen, bis das Schaukeln, als er sie die Treppe hinauftrug, sie beide voneinander löste.

„Die da." Sie zeigte auf die Tür, an der er beinah vorbeigehastet wäre.

Tanner stieß sie mit einem Fuß auf und drückte sie mit der Schulter zu, ohne Karen abzusetzen. Anscheinend wollte er sie nie wieder loslassen, und damit konnte sie gut leben.

Sie schnupperte an seinem Hals, als er die Hände tiefer senkte, ihr Kleid hochschob und ihre Beine spreizte. Was sich perfekt anfühlte, abgesehen von einer Kleinigkeit.

„Zu viele Schichten", murmelte sie und lockerte den Griff um seine Taille.

„Zu viele Schichten", pflichtete er ihr bei.

Blaues Neonlicht schien durch die Fenster herein und tünchte Tanner in einen rauchigen Schimmer. Eine Touristengruppe schlenderte unten die Gasse entlang, und Gelächter ertönte.

Tanner legte eine große Hand auf Karens Rippen, während er mit den Knöcheln der anderen vorn über ihr Kleid strich.

„Zu viele Knöpfe."

Karen schüttelte den Kopf. „Gerade genug Knöpfe, finde ich."

„Genug wofür?" Der Blick, mit dem er sie bedachte, fühlte sich so lodernd an, dass sie leicht zögerte.

„Genug, um Vergnügen zu bereiten. Aber ich kann anfangen, wenn du willst." Sie griff nach dem Knopf seiner Jeans.

Ein tiefes, gefährliches Grollen drang aus seiner Brust, und einen Moment lang dachte sie, er würde sich auf sie stürzen.

„Wo anfangen?" Seine Stimme rumorte tief wie Donner hinter einem Gebirgskamm.

„Gleich hier." Sie öffnete den obersten Knopf seiner Jeans und fuhr mit einem Finger die Linie des Reißverschlusses nach, um ihn aufzugeilen. Dann legte sie die Hand auf ihn – eine Hand, kaum groß genug, um alles zu umfassen, was der strapazierte Jeansstoff verbarg.

Als sie anfing, sich zu fragen, warum Tanner ihr die Führung überließ, dämmerte ihr die Antwort. Ein so leidenschaftlicher Mann hatte bestimmt mühelos jede Frau dominiert, die er je berührt hatte. Vielleicht fühlte es sich für ihn neuartig an, die Kontrolle abzugeben. Vielleicht gefiel es ihm.

Wenn man nach dem Funkeln in seinen Augen und seinen stockenden Atemzügen ging, gefiel es ihm sogar ganz sicher. Die Frage war nur, wie lange er es ihr durchgehen lassen würde. Wie weit könnte sie ihn treiben?

Und plötzlich wollte sie es unbedingt herausfinden.

„Lass mich sehen", sagte sie, obwohl *sehen* nicht ganz dem entsprach, was ihre Hände mit seiner Jeans anstellten. „Wie wär's, wenn du sie entfernst?"

Seine Nasenflügel blähten sich. Karen beeilte sich, bevor er eingreifen konnte, öffnete den Hosenschlitz und schob seine Jeans langsam nach unten.

„Hoppla. Die Schuhe", murmelte sie.

Er griff danach, doch sie fing seine Hand ab.

„Wenn ich's mir recht überlege, lass sie so. Gefällt mir, dich gefangen zu haben. Hilflos."

Er zog die rechte Augenbraue hoch. „Hilflos?"

„Hilflos." Sie nickte. Zumindest so hilflos, wie ein über neunzig Kilo schwerer Bärengestaltwandler sein konnte. Es mochte nicht viel sein, aber sie hatte gerade zu viel Spaß, um aufzuhören. „So kann ich mit meinem teuflischen Plan fortfahren." Sie strich mit den Händen über seine Brust, ließ sie langsam tiefer wandern.

Sein Körper spannte sich an, seine Augen strotzten vor Lust, den Mund verzog er zum Hauch eines Lächelns. „Ein richtiger Plan?"

„He! Ich habe immer einen Plan."

Er sah sie mit schiefgelegtem Kopf an, eindeutig skeptisch.

„Sie entwickeln sich bloß unterwegs weiter."

„Sie entwickeln sich also weiter, ja?"

„Ganz genau." Karen nickte bestimmt. Ihre Finger tasteten tiefer und fanden seinen Schaft, der fast gerade nach oben ragte. „Natürlich kann ich auch jederzeit aufhören", drohte sie, während sie gemächlich, bedächtig auf die Knie sank.

Tanner blickte aus gefühlten drei Metern Höhe auf sie herab. „Hör nicht auf." Seine Stimme ertönte als heiseres Flüstern.

Sie beugte sich vor, hielt ihn fest, drehte den Kopf und küsste die Eichel.

Sein gesamter Körper bebte vor mühsam gebändigtem Verlangen, und er krallte die Finger in ihr Haar.

„Hör nicht auf", flüsterte er erneut.

Oh, das hatte sie nicht vor. Karen leckte erst an einer Seite von vorn nach hinten, dann an der anderen zurück, bevor sie ihn schließlich in den Mund nahm. Sie gab leise Geräusche von sich, während sich ihr Kopf vor und zurück bewegte. Sie nahm ihn tiefer auf, zog sich zurück, wippte näher und versenkte ihn einen weiteren Zentimeter tiefer. Gleichzeitig leckte ihre Zunge, und Hitze breitete sich durch ihren Körper aus. Tanners Kraft brodelte dicht unter der Oberfläche, doch im Moment hatte sie das Sagen. Bei einem Mann wie ihm war schon das an sich ein Höhepunkt.

Sie verfiel in einen gemächlichen, steten Rhythmus, während er abwechseln an ihren Haaren, durch die Luft und an der glatten Oberfläche der Tür krallte, an der er sich abstützte. Wenn sie sich aufs Bett verlagerten, würde sie ähnlich die Finger in die Laken bohren, das wusste sie. Dazu würde sie wesentlich lautere Geräusche von sich geben, als Tanners leises, hungriges Stöhnen, während sie ihn verwöhnte. Sie wirbelte die Zunge um die Eichel, ließ die Lippen über den Schaft gleiten, öffnete den Mund weiter und nahm ihn noch tiefer auf.

Er flüsterte etwas – oder vielleicht brüllte er es auch –, doch Karen war vollkommen darauf konzentriert, wie er sich anfühlte, wie er schmeckte und wie sich die Erregung in ihr steigerte.

„Warte", sagte er so eindringlich, dass es vage zu ihr durchdrang.

Langsam, Millimeter für Millimeter, zog sie sich zurück und schaute auf. Eine schöne Aussicht. So viel Bär, und sie brauchte ihn sich nur zu nehmen. Warum aufhören?

„Nicht gut?"

„Zu gut." Tanner zog sie hoch und küsste sie. Dann hielt er inne, um etwas zu sagen, aber in seine Augen trat ein Funkeln, als hätte er eben erst den eigenen Geschmack auf ihren Lippen registriert. Hungrig holte er sich mehr davon.

Karen schob sein Shirt hoch und spielte mit seinen Nippeln, sehnte sich nach mehr Körperkontakt.

Tanner keuchte kurz an ihrem Hals. Jeder seiner Muskeln schien sich gegen unsichtbare Fesseln aufzubäumen.

„Weißt du, ich könnte beenden, was ich angefangen habe", murmelte sie.

Tanner schüttelte den Kopf. „Kommen will ich nur in dir."

Streng genommen war er ja in ihr gewesen, doch sie hatte nicht vor, Haarspalterei zu betreiben. Nicht bei einem solchen Angebot.

„Tja, dann zeig mir, was du kannst."

Er nahm ihr Gesicht in beide Hände und strich ihr mit den Daumen über die Wangen. Dabei wirkte er noch ernster als sonst. So ernst, als schwebte ihm gemeinsames Glück bis ans Lebensende vor, was Karens Herz einen Schlag aussetzen ließ. Dann lächelte er verhalten und zog sich zurück. „Hat dein Plan vorgesehen, mir die Jeans vor den Schuhen auszuziehen? Oder umgekehrt?"

Sie blickte nach unten, und natürlich war er nach wie vor in der eigenen Kleidung gefangen. Hoppla. „Eine unbedeutende Kleinigkeit."

Eine Kleinigkeit, die er innerhalb von zehn Sekunden korrigierte, indem er sich des Shirts und der Schuhe entledigte, bevor er die Jeans und Boxershorts folgen ließ.

Dann hatte Karen ihn in all seiner nackten männlichen Pracht vor sich. *Lecker,* kam genüsslich von ihrer Drachendame.

Tanner drängte sie einen Schritt nach dem anderen zum Bett zurück. „Warte... nur..." Er sprach bei jedem langsamen Schritt ein Wort aus. „...bis... du... meinen... Plan... siehst."

„Ich bin nicht gut im Warten." Ihre Beine stießen gegen die Matratze. Als er sie langsam zurücksenkte, klammerte sie sich an den definierten Muskelsträngen seiner Schultern fest und weigerte sich, ihn loszulassen.

„Ist mir aufgefallen. Aber nicht ich bin derjenige mit den vielen Knöpfen." Wie zuvor strich er mit den Knöcheln über ihr Seidenkleid. Erst nach unten, dann nach oben. Dabei holperte er über jeden Knopf, stieg über die Wölbung ihrer Brüste an und sank zu ihrer Taille.

„Dann mach dich mal besser an die Arbeit." Sie fuhr mit der Hand seinen nackten Bauch hinab.

Er fing sie ab, bevor sie zu tief gelangen konnte, und führte ihre Hand zu seiner Schulter. „Die gehört hierher. Und die", fügte er hinzu und lenkte ihre linke Hand zu seinem Nacken, „hierher."

Ah, der Bär übernahm wieder das Kommando. Nun, Karen konnte durchaus auch mit dem Strom schwimmen.

„Und du gehörst hierher." Sie führte seine Lippen auf ihre.

Seine Küsse verwandelten sie in ein wimmerndes Wrack. Er hatte Zungentricks drauf, die eine Spezialität von Bären sein mussten – und wow, was für eine Spezialität! Danach fing er an, sich einen gemächlichen, gewundenen Weg entlang ihres Körpers zu bahnen.

„Ich gehöre hierher", flüsterte er und küsste ihren Hals.

Ihr Rücken wölbte sich durch, als seine Zähne über die empfindsame Haut schrammten. Ein Stöhnen drang von ihren Lippen.

„Und hierher." Während er sich zur anderen Seite küsste, kapitulierte ein Knopf nach dem anderen vor seinen geschickten Fingern, und das enge Kleid wurde um ihre Brust lockerer.

„Allmählich habe ich den Dreh raus", murmelte er und beeilte sich mit den letzten.

Die Knöpfe glitten aus den Schlaufen, die sie fixierten. Dennoch bedurfte es einiger Arbeit, sich aus dem enganliegenden Kleid zu schälen, doch das war nichts im Vergleich dazu, was sie beim Anziehen durchgemacht hatte. Trotzdem hatte es sich gelohnt. Denn als er den BH und den Slip entfernte und sie anschließend wieder hinlegte, wirkte seine Kieferpartie entschlossen, und in seine Augen war ein animalisches Leuchten getreten.

Mein, besagte sein Gesichtsausdruck, als er den Körper auf ihren senkte. *Ganz mein.*

Um ein Haar hätte sie es erwidert, aber an der Stelle stülpte er die Lippen über einen Nippel, und Karen schrie stattdessen auf.

Oh, das wird gut, murmelte ihre innere Drachendame.

Sich zurückzulehnen und dem Mann die Arbeit zu überlassen, hatte sich noch nie so schnell so gut angefühlt. Tanner vereinnahmte sie, labte sich an ihr. Sein bartstoppeliges Kinn strich wie Sandpapier über ihre empfindsamsten Stellen – die weichen Unterseiten ihrer Brüste, ihren Bauch, die Innenseiten ihrer Schenkel. Er bearbeitete Karen mit den Fingern und der Zunge, schraubte sie höher und höher.

Ihr Haar glich vermutlich einem einzigen Durcheinander, ihr Körper fühlte sich verschwitzt an, während selige Schreie ihr Gesicht verzerrten. Noch nie hatte sie sich so herrlich und gründlich verwöhnt gefühlt. Er stürzte sich auf sie wie ein Bär nach einem langen Winterschlaf auf Honig. Und sie konnte nur stöhnen und die Gliedmaßen um seine schlingen.

„Mehr", murmelte sie jedes Mal, wenn er ein sinnliches Kribbeln in einer weiteren Gruppe von Nerven ihres Körpers entfachte. Nerven, von denen Karen nicht mal gewusst hatte.

„Mehr", pflichtete er ihr bei und drückte ihre Beine mit einem Knie auseinander.

Sie kam sich vor wie ein Glücksspielautomat. *Zing-zing-zing!* Ganz gleich, wie Tanner sie berührte, die Symbole reihten sich jedes Mal aneinander, machten sie wieder und wieder zur Gewinnerin.

Auf ein Kondom verzichteten sie, weil Gestaltwandler außer Babys nichts zu befürchten hatten, und sie war gerade nicht brünstig.

Großer Gott, was für ein Gedanke. Ihre Drachendame seufzte. Wenn sie sich so schon derart verzweifelt nach ihm sehnte, wie blind vor Lust würde sie erst sein, wenn sie brünstig wäre?

Tanner hob den Kopf und starrte sie an. Hatte er etwa ihre Gedanken gehört?

Durch ihren Kopf zogen sinnliche Bilder, während es in seinen Augen flackerte.

Eins nach dem anderen, Schatz.

Oha. Sie konnte seine Stimme im Kopf hören? Dann musste er ihr Gefährte sein. Der Legende nach konnten die wahrsten vom Schicksal füreinander auserkorenen Gefährten gegenseitig ihre Gedanken aufschnappen, bevor sie Paarungsbisse austauschten. Sie mussten einander dafür nur genug vertrauen.

Vertrauen. Herrje. Würde sie das wirklich wagen?

Natürlich wagen wir es, kam in tadelndem Ton von ihrer Drachendame. *Und natürlich ist er unser Gefährte.*

Natürlich bin ich dein Gefährte, bestätigte sein Bär.

„Dann zeig es mir." Sie streckte die Arme über den Kopf, gab sich ihm hin wie noch nie zuvor einem Mann. Dann schloss sie die Augen und genoss, wie er mit einem herrlichen, süßen, langsamen Brennen in sie glitt. „Ja."

Tanner zog sich zurück, stieß vorwärts und öffnete den Mund zu einem stummen Ruf. Bei jeder Rückwärtsbewegung heulte ihre Seele protestierend auf. Bei jedem Stoß weinte ihr Herz vor Erleichterung. Sie wölbte im Takt die Hüften, und als er ihre Knie an seiner Taille höher zog, schrie sie erneut auf.

„So schön…" Worte vermochten zwar nicht annähernd, die Empfindungen zu erfassen, dennoch hörte sie nicht auf, es zu versuchen. „Gott, ja…"

Das Bett knarrte. Das Wasser in dem Glas, das sie auf dem Beistelltisch stehen gelassen hatte, drohte, über den Rand zu schwappen. Tanner atmete schwerer und stieß tiefer zu, während Karen den Kopf weiter und weiter nach hinten neigte und sich ganz auf das Feuer konzentrierte, das sich in ihr aufbaute. Ein Feuer, das anschwoll und anschwoll, bis sie heulend um Entladung bettelte.

„Tanner", rief sie.

Seine Bewegungen wurden fester. Tiefer. Schneller. Bis sich sein gesamter Körper anspannte und ein Stöhnen von seinen Lippen drang.

Karen erreichte den Höhepunkt eine Sekunde nach ihm und erschauderte, als eine ekstatische Welle nach der anderen durch ihre Adern flutete. Sie klammerte sich an Tanner fest, verlor jedes Gefühl für Zeit und Raum. Für alles außer ihren Mann. Seine tief, tief in ihr vergrabene Härte. Sein an ihrer Brust pochendes Herz. Seinen süßen Atem, der ihren Hals wärmte.

Er senkte den Körper, bis er auf ihrem lag. In den kurzen Pausen zwischen seinen keuchenden Atemzügen hörte sie ihn ihren Namen flüstern.

„Karen…"

Musik in ihren Ohren. Seine Stimme glich purer Musik.

Kapitel 13

Tanners Bär brachte ihn dazu, Karens Namen zu murmeln, während er sie festhielt.

„Meine Gefährtin", flüsterte er mit den Lippen an ihrer Haut.

Er war fertig damit, es zu leugnen. Karen konnte unmöglich jemand anders als seine Gefährtin sein. Noch nie zuvor hatte er sich so nach einer Frau verzehrt wie nach ihr. Noch nie zuvor hatte er so intensiv die Augen, die Stimme oder das Lachen einer Frau bewundert. Noch nie zuvor war er so schnell von steinhart zu butterweich übergegangen. Und erst recht hatte er noch nie zuvor seinen Bären wie einen seligen Betrunkenen jauchzen gehört.

Mein! Meine Gefährtin!

Ja, er hatte es verstanden. Karen war seine vom Schicksal für ihn vorgesehene Gefährtin.

Ist sie nicht unglaublich? brummte sein Bär.

Langsam stieß er den Atem aus und umarmte sie fester. Ja, das war sie in der Tat. Witzig. Einzigartig. Und sie brachte ihn auf die beste erdenkliche Weise um den Verstand. Dann war sie eben manchmal ein wenig eigensinnig und geriet dadurch in Schwierigkeiten. Na und?

An der Stelle bremste er sich. Karen war *immer* eigensinnig und geriet dadurch in Schwierigkeiten. Konnte er damit leben?

Können wir ohne das leben? warf sein Bär ein.

Nein, konnte er nicht. Aber wenn sie nur nicht ganz so unbesonnen wäre...

Sein Bär zuckte mit den Schultern. *Dann wäre sie nicht diejenige, die ich liebe.*

Er fuhr mit einem Finger die anmutigen Konturen ihres Schlüsselbeins nach. Tatsache war, dass sie auch unheimlich stur sein konnte.

Stur kann auch gut sein, entschied sein Bär.

Und was war mit impulsiv?

Wenn sie nicht so impulsiv wäre, hätten wir sie nie kennengelernt. Wir wären an jenem Abend nie mit ihr davongefahren.

Verdammt, sein Bär hatte recht. Allein der Gedanke, er hätte sie verpassen und ahnungslos von seiner Schicksalsgefährtin durchs Leben gehen können, schmerzte entsetzlich.

Trotzdem wäre es einfacher, wenn sie nicht so verdammt unberechenbar wäre.

Sein Bär grinste dermaßen breit, dass seine menschlichen Wangen der Geste folgten. *Berechenbar ist langweilig. Betrachte es einfach als interessanteres Leben.*

Man hatte ihm von klein auf eingetrichtert, vorsichtig zu sein. Alles zu durchdenken. Pläne zu schmieden, Fundamente zu schaffen, auf die er aufbauen konnte, einen behutsamen Schritt nach dem anderen. Und ja, es funktionierte.

Aber verdammt, auf die Weise konnte das Leben tatsächlich verdammt langweilig sein.

Karens nackte Haut nahm den blauen Farbton des Neonlichts draußen an. Tanner streichelte ihre Schulter und staunte über die Widersprüchlichkeit. Die Lage hätte kaum verrückter oder unsicherer sein können. Dennoch hatte er sich noch nie so ruhig, zufrieden und glücklich gefühlt. Sogar sicher, was ihm verrückt erschien. Immerhin war sie eine Hexe. Eine Flüchtige. Eine Diebin.

„Hey", murmelte sie und drehte sich in seinen Armen zu ihm herum.

Und schon verspürte er einen weiteren jähen Anflug von Emotionen, einen frohlockenden Chor in seinem Innersten, ein Feuerwerk in seiner Brust.

„Hey", flüsterte er zurück.

„Du bist blau." Lächelnd strich sie mit einem Finger über seine Wange.

Unwillkürlich grinste Tanner. „Du auch. Aber egal, die einzige Farbe, die ich satt habe, ist Rot."

Sie schmiegte sich näher, zog ihn in ihren Bann. Ihre Augen leuchteten wie beim Anblick jenes Diamanten, und sein Herz schlug ein wenig schneller. Er hatte von Drachen und ihrer Gier nach Schätzen gehört. Aber in diese Kategorie gezählt zu werden...

Wow.

Sie nickte ernst. „Gefährte. Mein vom Schicksal auserkorener Gefährte."

Tanner ließ ein, zwei Sekunden verstreichen, während er verdaute, wie mühelos sie sich mit dieser verrückten Tatsache abfand.

„Ich war mir nicht sicher, ob Drachen daran glauben", murmelte er.

Karen kuschelte sich an seine Schulter und seinen Hals. Der Bär in seinem Inneren seufzte wohlig.

„Manche schon, manche nicht. Ich habe bis jetzt nicht daran geglaubt." Sie küsste ihn. „Bei Drachen weiß man das nie so genau."

„Und bei Hexen?"

Ihr Körper versteifte sich. „Warum fragst du?"

Er drehte sich so, dass sie die Wahrheit in seinen Augen sehen konnte. Die Besorgnis – und auch die Hoffnung. „Wo ich herkomme, herrscht viel böses Blut zwischen Bären und Hexen."

Sie seufzte. In dem Laut schwang etwas Verbittertes mit. „An vielen Orten herrscht böses Blut zwischen Hexen und Gestaltwandlern. Das ist nicht meine Schuld."

Er neigte ihr Kinn nach oben, als sie es einziehen wollte. Tanner wollte auf keinen Fall zulassen, dass die Stimmung in diesem Augenblick kippte. „Das will ich damit auch nicht sagen. Ich versuche nur, mir über einiges klar zu werden."

„Worüber zum Beispiel?" Ihre Stimme klang angespannt.

Wie du diese perfekte Nacht vermasseln kannst? Sein Bär schüttelte den Kopf über ihn.

„Zum Beispiel, wie ich den Mitgliedern meines Clans einbläuen kann, dass du zu mir gehörst."

Da setzte sie ein Lächeln auf, und ihre Muskeln lockerten sich wieder. „Das würdest du für mich tun?"

Ich würde für dich sterben, gelobte sein Bär feierlich.

„Ich würde alles für dich tun."

Eine Zeit lang starrte sie ihn mit ernster Miene an, bevor sie nickte. „Dann frag. Alles, was du wissen willst."

Tanner zog sie näher, denn die zwei, drei Zentimeter Abstand, die sich zwischen ihnen aufgetan hatten, fühlten sich nach entschieden zu viel an.

„Wie viel verstehst du von Hexerei?"

Karen verzog das Gesicht. „Ein paar Zauber beherrsche ich echt gut. Andere weniger."

„Feuerzauber?" Er zog eine Augenbraue hoch und dachte dabei an die Schäden im sechsundzwanzigsten Stock zurück.

Sie ließ ein kesses Lächeln aufblitzen und zeigte ihm den Daumen hoch.

„Unsichtbarkeit?"

Karen schnaubte. „Schön wär's."

„Gedankenkontrolle?" Tanner umklammerte den Bettpfosten ein wenig zu fest.

Sie lachte unverhohlen, und er ließ das Thema fallen. Vielleicht musste der Hexenteil ja nicht gruselig sein. Nicht gruseliger, als für Karen ein Mann sein musste, der sich in einen Grizzly verwandeln konnte. Und doch hatte sie keine paranoiden Fragen gestellt, zum Beispiel, ob er Winterschlaf hielt – Gott, nein. Oder ob er Honig direkt aus den Waben leckte – herrje nein. Oder ob er gern die Krallen an Bäumen wetzte.

Tanner dachte noch einmal darüber nach, dann begrub er es dauerhaft. Sie war also eine halbe Hexe. Und wenn schon. Sie war seine Gefährtin, das allein zählte.

„Wie lange hast du den Diamantenraub geplant?" Er wusste, wie streng die Sicherheitsvorkehrungen in dem Gebäude waren. Karen verkörperte mit ihrer einzigartigen Mischung aus Drachen- und Hexenfähigkeiten die vielleicht einzige Person auf der Welt, die den Einbruch hätte schaffen können.

Mit ausdrucksloser Miene sah sie ihn an. „Was meinst du damit, wie lange?"

„Na ja, ich arbeite seit Monaten an diesem Insiderjob..."

„Seit Monaten?" Karens Augen wurden groß. Dass sie eher der spontane Typ war, hatte er längst festgestellt.

„Tja, manche Dinge brauchen ihre Zeit.“

„Und manche brauchen Glück“, konterte sie.

Plötzlich war er derjenige mit den großen Augen. „Glück?“

Karen nickte überzeugt.

Er starrte sie an. „Dein Plan, den Diamanten zu stehlen, hat darin bestanden, Glück zu haben?“

Karen verzog das Gesicht. „Ich hatte schon einen Plan. Er musste nur noch ein bisschen angepasst werden.“

Tanner fragte sich, ob sie damit bereits während des Flugs auf das Dach des Casinos begonnen hatte oder irgendwann später.

Schließlich zuckte sie mit den Schultern. „Was soll ich sagen? Manchmal ist es gut, impulsiv zu sein.“

„Wann zum Beispiel?“ Er setzte sich auf und griff nach dem Wasserglas neben dem Bett.

„Zum Beispiel an dem Abend, an dem wir uns kennengelernt haben“, antwortete sie mit einem sinnlichen Grinsen. „Oder gerade eben. Denn unten auf der Speisekarte sind mir keine Blowjobs aufgefallen.“

Tanner prustete und verspritzte Wasser überallhin. Sein bestes Stück zuckte. „Na schön, in mancher Hinsicht ist es manchmal gut, impulsiv zu sein.“

„Gib's ruhig zu“, neckte sie ihn und setzte sich auf, um ihn zu kitzeln. „Spontan zu sein, ist gut. Kindisch zu sein, kann Spaß machen.“

Er wollte sich wegrollen, aber sie erwies sich als zu schnell. Und ehe er sich versah, kicherte sein Bär ausgelassen, was teilweise über seine Lippen drang.

„Sprich mir nach“, verlangte Karen und wirkte dabei so wild, unschuldig und frei. „Ich will versuchen, ausnahmsweise mal impulsiv zu sein.“

„Ich will versuchen…“, begann er, bevor er wieder in Gelächter ausbrach.

Karen fuhr fort, während sie ihn gnadenlos weiter kitzelte. „Ich werde auf Glück und Liebe vertrauen und meine wilde Seite ausleben.“

Von Glück war Tanner nicht wirklich überzeugt. Von Liebe zu hundert Prozent. Und davon, seine wilde Seite auszuleben?

Passiert gerade, merkte sein Bär an, als das Kitzeln weiterging, begleitet von einem Kichern, das er sich nicht verkneifen konnte.

„Ich werde verrückten Drachendamen vertrauen", fuhr sie fort.

„Ich werde verrückten Drachendamen vertrauen", brachte er irgendwie heraus, während er sich auf der Matratze wälzte.

„Ich werde leben und lachen und lieben."

Das war einfach. „Ich werde leben und lachen und lieben", wiederholte er. „Dich."

Ihr Lächeln wurde breit wie das der Grinsekatze.

„He! Nicht aufhören!", protestierte Tanner, obwohl er sich ein Kissen an den Bauch drückte und die Arme wie einen Zaun hochhielt. Er war nicht mehr gekitzelt worden, seit er ein Bärenjunges war, was er verdammt schade fand.

„Weißt du eigentlich, wie schwer es ist, jemanden durch so viele Muskeln zu kitzeln?" Sie klatschte ihm auf den Bauch.

„Na ja, es gibt auch eine andere Möglichkeit, sich zu vergnügen." Er setzte sich auf und zog sie näher.

„Siehst du? Spontan." Karen lächelte und schlang die Arme um seinen Nacken. „Ich glaube, allmählich bekommst du den Bogen raus."

Er führte ihre Beine so seitlich um sich herum, dass sie sich von Angesicht zu Angesicht gegenübersaßen. Ineinander verschlungen sahen sie sich gegenseitig tief in die Augen.

„Ich glaube schon", meinte er etwas ernster.

Sie schob sich näher, und er ließ langsam die Hand zwischen ihnen nach unten gleiten.

„Oh, du hast den Bogen definitiv raus."

Sie seufzte, als er mit einem Finger durch ihre unteren Lippen fuhr. Sie war bereits warm, feucht und bereit für mehr. Nachdem er sie eine Minute lang erkundet hatte, ging er in Position und glitt zärtlich in sie. Unwillkürlich schlossen sich seine Augen, als ein erhebendes Gefühl durch seine Adern rauschte. Dann zwang er sich, sie wieder zu öffnen, fest entschlossen, den Augenblick auf jede erdenkliche Weise zu genießen.

„Ja…" Als Karen den Kopf in den Nacken legte, zeichnete sich ihr Puls am Hals ab. Genau die Stelle, an der er irgendwann seinen Paarungsbiss platzieren würde.

Irgendwann bald, sagte sein Bär.

„Mehr", hauchte sie und sah ihn mit den Lidern auf halbmast an. „Fester."

Fester gestaltete sich im Sitzen schwierig, aber er gab sein Bestes. Er hielt ihre Hüften, beobachtete das Wogen ihrer Brüste und fand genau den richtigen Winkel. Sie fühlte sich eng und heiß und in jeder Hinsicht perfekt an. Sein Atem beschleunigte sich bereits unkontrollierbar, sein Körper brannte…

„Ja…" Karen drehte den Kopf zur Seite und bot ihm unbewusst eine Stelle zum Zubeißen dar.

Ja, brummte sein Bär.

Jeder Instinkt in ihm verlangte brüllend, dass er sich vorbeugte, doch er zwang sich, das Gegenteil zu tun. Dafür war es zu früh, auch wenn er mittlerweile überzeugt davon war, dass sie seine Gefährtin verkörperte.

Es kann nie zu früh sein, klagte sein Bär.

Das verdammte Tier hatte es so eilig. Aber auch Geduld hatte ihren Reiz. Tanner genoss es zu beobachten, wie sich seine Gefährtin in Ekstase auflöste. Er hielt sie mit einer Hand, während die andere mit einem straffen Nippel spielte, nur wenige Zentimeter von dem auf seiner Brust glänzenden Schweiß entfernt.

„Ja…"

Ohne die Hüftbewegungen zu unterbrechen, zog er sie noch näher zu sich. Als er aus dem Augenwinkel ihre Reflexion im Spiegel auf einer Seite bemerkte, drehte er den Kopf, um zu beobachten, wie sie sich im Takt mit ihm bewegte. Perfekt synchron, als wären sie füreinander geschaffen.

Wir sind füreinander geschaffen, warf sein Bär nach einem weiteren tiefen Stöhnen ein.

Karens Beine schlossen sich um seine Taille. Ihre Nägel kratzten über seinen Rücken.

„Tanner!", rief sie kurz vor der Ziellinie.

Er beschleunigte den Takt und biss die Zähne zusammen. Den eigenen Höhepunkt wollte er zurückhalten, bis auch Karen kommen würde. Sein Atem ging in zischenden Stößen. Dazwischen grunzte er leise, während er leidenschaftlich in sie stieß.

Zeichne unsere Frau, rief sein Bär. *Fülle sie. Erhebe Anspruch auf sie.*

Sie lehnte den Oberkörper weit, weit zurück, ihre Hüften jedoch behielt er dicht bei sich. Ihre festen, straffen Brüste wippten, während sich ihre Körper miteinander wiegten.

Ihre Lippen zogen sich von den Zähnen zurück, und ihre Augen leuchteten, als sie erschauderte und mit ihm in ihr kam.

„Ja...", murmelte sie im Augenblick des Höhepunkts.

Seinem Bären erging es genauso – er stöhnte in Tanners Kopf dasselbe vor sich hin. Die Welle, die sich in ihm aufgebaut hatte, brach mit einem letzten Stoß. Ein lustvoller Laut entfuhr ihm mit dem Lustschmerz der Entladung. Karens Arme zitterten, als er sich in sie ergoss, und er drückte sie fest an sich.

Tief, lautete einer der wenigen klaren Gedanken in seinem Kopf. *Nah,* ein anderer. Und *mein.*

Karen wurde butterweich, während er steinhart wurde. Sein Bär wimmerte beinah vor Freude darüber, wie perfekt sie sich ergänzten.

Unglaublich. Sie ist unglaublich, brummte das Tier, während es langsam von seinem Höhenflug herabschwebte.

Tanner drückte Karen an seine Brust und spürte, wie sich ihre Rippen mit jedem Schlag ihres rasenden Herzens hoben und senkten.

„Oh..." Karen quiekte und warf den Kopf zurück, als ein Nachbeben ihren Körper durchfuhr.

Er verstärkte den Griff um sie wieder und genoss den Anblick. Es war grundsätzlich schön, wenn man dafür sorgen konnte, dass sich eine Frau gut fühlte. Noch schöner fand Tanner es, wenn damit tausend Emotionen ausgelöst wurden und auch ihn zum Strahlen brachten.

Du bist unglaublich, murmelte sein Bär in seinem Kopf.

„Du auch", flüsterte Karen zurück.

Tanner erstarrte. Richtig, sie konnte ja seine Gedanken hören. Das bewies, dass ihre animalischen Seiten bereits eine Verbindung eingegangen waren.

Sein Bär lehnte sich mit einem selbstgefälligen Grinsen zurück. *Hast du gedacht, ich müsste sie erst beißen, damit sie mir gehört?*

Karen lachte, und Tanner hörte, wie die kehlige Stimme ihrer inneren Drachendame die Worte bestätigte. *Ich brauche keinen Biss, um zu wissen, dass dieser Bär mir gehört.*

Schwer atmend lehnten sie aneinander, während ihre Gestaltwandlerseiten über Liebe, Schicksal, unsterbliche Hingabe und alles Mögliche sangen, was Tanner nie zuvor in den Sinn gekommen war. Nun jedoch konnte er an nichts anderes mehr denken.

Für immer, gelobte sein Bär, als er ihre Wange streichelte.

Für immer, stimmte ihre Drachendame zu, und Karen schlang ein Bein um seines.

Herrje, er war ihr hoffnungslos verfallen. Und anders würde er es nicht mehr haben wollen.

Sie lösten sich gerade genug voneinander, um auf die Matratze plumpsen zu können, dann ließen sie gemächlich die Zeit verstreichen, ohne sich darum zu scheren, ob es Minuten oder Stunden waren.

„Also, was deinen Plan angeht...", sagte Karen irgendwann.

Er stöhnte. „Vielleicht können darüber morgen reden."

Sie fuhr mit den Fingern sein Schlüsselbein entlang und brachte seinen Bären damit wohlig zum Brummen. „Ich dachte mir, wir sollten einen Plan schmieden."

Tanner hatte bereits einen Plan. Nur hätte sie ihn um ein Haar zum Scheitern verurteilt.

„Ich denke, das sollten wir uns für morgen aufheben", schlug er vor.

Sie zog die Augenbrauen hoch. „Oh, du meinst, aus dem Bauch heraus? Spontan? Vielleicht sogar unbesonnen?" Ihre Augen leuchteten eindeutig.

Er rollte sich herum, bedeckte mit dem Körper den ihren und grinste. „Weißt du, vielleicht bekomme ich dabei tatsächlich den Bogen raus."

Sie schlang ein Bein um ihn, drückte ihre Hüften an ihn, und schon stand er wieder in Flammen.

„Dann zeig es mir, Bär. Zeig es mir."

Kapitel 14

Die Farben der untergehenden Sonne wetteiferten mit den Lichtern des Las Vegas Boulevard. Touristen bevölkerten die Bürgersteige, unterwegs zu verschiedenen Spektakeln. Die Piratenshow des *Treasure Island*, den Vulkan des *Mirage* und die Klang- und Lichtshow des *Scarlet Palace*, wo rote Lichter Dutzende Springbrunnen erhellten und den Eindruck von blubberndem Blut vermittelten.

Karen stand an der Ecke eines der Becken und versuchte, ihren Puls zu beruhigen. Aber wem wollte sie etwas vormachen? Ihr Herz hatte bereits sechs Häuserblocks entfernt wild zu hämmern begonnen, und es wurde nur schlimmer.

„Sind sie nicht wunderschön?", meinte eine Frau seufzend zu ihrem Partner und tauchte eine Hand ins Wasser am Rand.

Klar, wenn man auf sprudelndes Blut steht, lag Karen auf der Zunge.

„Wie Rosen", fügte die Frau hinzu. „Wie Rotwein."

Wie der feuchte Traum eines Vampirs, wäre Karen um ein Haar herausgerutscht, aber sie presste die Lippen fest zusammen.

„Ich glaube, das wird unsere Glücksnacht", erwiderte der Mann und streichelte das Haar der Frau.

Karen betastete das Bündel Geldscheine in ihrer rechten Hosentasche und nickte bei sich. Hoffentlich würde es für sie eine Glücksnacht werden, denn die Rückkehr ins *Scarlet Palace* gehörte zweifellos zu den selbstmörderischsten Dingen, die sie je getan hatte.

Vielleicht lagen Bären doch nicht so falsch. Vielleicht sollte sie eine vorsichtigere Vorgehensweise wählen.

Die werden uns nicht erkennen, murmelte ihre innere Drachendame.

Sie rückte die Brille mit dem goldenen Gestell auf der Nase zurecht und strich sich durch die Haare. Die Vampire sollten sie besser nicht erkennen. Sie hatte eine Stunde damit verbracht, ihr Haar auf das Dreifache des üblichen Volumens zu toupieren. Außerdem hatte sie ein strahlendes Lächeln geübt, das völlig anders als ihr übliches wirkte. Viel einfacher wäre es gewesen, sich mit einem kleinen Tarnzauber zu umgeben. Allerdings würde im Casino nach ihrem jüngsten Einbruch höchste Alarmbereitschaft herrschen. Daher konnte sie nicht riskieren, dass unnötige Magie von den Hexen der Vampire bemerkt würde.

Drittklassige Hexen, merkte ihre Drachendame schnaubend an.

Karen verzog das Gesicht, weil sie selbst bestenfalls behaupten konnte, eine zweitklassige Hexe zu sein. Zweitklassige Hexe, zweitklassige Drachendame...

Hör auf damit! blaffte ihr inneres Tier.

Na ja, es stimmte doch.

Irgendwann beweise ich dir das Gegenteil, verkündete ihre Drachendame.

Karen seufzte. Sollte das Tier ruhig seine kleinen Fantasien ausleben. Der Tag würde nie kommen, also sollte es gern denken, was es wollte. Sie war und blieb zweitklassig, ganz gleich, was die Drachendame in ihr behauptete.

Ich habe einen erstklassigen Gefährten, brummte das Tier.

Der Teil stimmte. Die Nacht mit Tanner hatte ihr das nur umso deutlicher vor Augen geführt. Er gehörte zu ihr und sie zu ihm. Für immer.

Das hieß, sofern sie diesen verrückten Kreuzzug überlebten. So genau Tanner und sie ihren Plan auch durchdacht hatten, es konnte viel schiefgehen. Zu viel. Ein Dutzend verschiedener Szenarien konnte damit enden, dass Karen in Gefangenschaft der Vampire geriet – oder schlimmer noch, zur unfreiwilligen Blutspenderin wurde. Da die Vampire mittlerweile ahnten, dass sie nur zur Hälfte eine Drachendame war, würden sie sich um den ersten Schluck ihres Bluts prügeln.

Und um den letzten.

Ihre Haut kribbelte, als sie sich vorstellte, wie die Kreaturen der Nacht sie erst niederdrücken und dann die Zähne in ihren Hals schlagen würden. Oder vielleicht würden sich gleich zwei an ihrem Hals laben und zwei weitere an ihren Handgelenken. Am schlimmsten fand sie die Vorstellung, Schiller könnte an sie herantreten und ihren Kopf zur Seite neigen. Er würde sich höhnisch über die Lippen lecken und ihr mit diesem Blick in die Augen sehen, der besagte: *Ich wusste, dass du mir gehören würdest.* Schiller würde ihren Tod hinauszögern, um mit ihr zu spielen wie die Katze mit der Maus.

Schaudernd versuchte sie, die Gedanken an solches Unheil zu verdrängen. Tanner hatte gesagt, es wäre alles arrangiert. Schiller würde frühestens um Mitternacht von einem Treffen mit seinen Geschäftspartnern, den Westend Wölfen, ins Casino zurückkehren. Somit blieben Karen drei Stunden, um satt abzusahnen.

„Das wird bestimmt unsere Glücksnacht", sagte die Frau und ging auf den Eingang des *Scarlet Palace* zu.

Karen zwang sich, dem Paar zu folgen. Dabei umklammerte sie fest ihre Handtasche. Sie enthielt nämlich wesentlich mehr als die zweitausend Dollar in ihrer Jacke, denn Karen hatte den Tag damit verbracht, von einem kleinen Casino zum anderen zu tingeln und bescheidene Gewinne zu erzielen, die unter dem Radar der Sicherheitsüberwachung geblieben waren. Fünftausend hier, sieben- bis achttausend dort. Sie brauchte nur mit den Fingern zu schnippen, kurz bevor die Walzen eines Spielautomaten einrasteten oder bevor eine Roulettekugel zum Liegen kam. Mit geringen Einsätzen in von Menschen betriebenen Casinos konnte sie die flüchtige Verwendung von Magie riskieren.

Und es hatte funktioniert. Die zehntausend Dollar, mit denen sie angefangen hatte, waren auf über hunderttausend angewachsen – genug, um den Hauptteil von Tanners Plan in Gang zu setzen.

Sie neigte den Kopf zurück und schaute an den glitzernden Fenstern und Lichtern von Vegas vorbei zu den Sternen am indigoblauen Himmel. Ein letzter Blick auf Freiheit, ein letzter Atemzug frischer Luft...

Jemand rempelte sie, und sie stolperte ins Gebäude.

„Entschuldigung, Süße." Ein Mann packte sie am Ellbogen, um sie zu stützen.

Karen war derart angespannt, dass sie um ein Haar die Drachenzähne hätte aufblitzen lassen.

„Schon gut." Sie täuschte ein Lächeln vor.

Wenigstens hatte der kleine Schubs sie unbeachtet an den Türstehern vorbeibefördert.

„Wie wär's, wenn ich es mit einem Drink an der Bar wiedergutmache?", bot der Mann an. Er hatte eine Glatze, war klein und roch wie so viele andere Menschen in Las Vegas – nach einer Mischung aus Hoffnung und Verzweiflung, halb verborgen unter billigen Eau de Cologne. Aber sie fand, dass er sich gut als Tarnung eignete, also willigte sie ein.

„Gern." Sie nickte und hängte sich bei dem ihr angebotenen Ellbogen ein.

Mit Tanner an der Seite hätte sie sich wie ein Filmstar gefühlt. Frauen würden ihr neidische Blicke zuwerfen, Männer würden zurückweichen, um Platz für Tanners imposante Erscheinung zu machen. Mit dieser kleinen Fantasie vertrieb sie sich die Zeit bis zur Bar im Zwischengeschoss. Von dort hatte sie die Spielhalle im Blick, wo sie Tanner beim Drehen seiner Runden entdeckte. Allein sein Anblick entfesselte die Schmetterlinge in ihrem Bauch.

„Ich liebe es hier." Der Mann zeigte auf das Schild der Bar. *„Bloody Mary's."*

Karen verdrehte die Augen.

„Was darf's sein, Süße?"

Sie war nicht die Süße dieses Menschen und auch nicht in der Stimmung für einen Drink mit etwas Rotem darin. Also bestellte sie einen Tequila mit Limette und ertrug seinen Small Talk, während sie im Auge behielt, was unten vor sich ging.

Halbkreisförmige Tische nahmen den Großteil der Fläche im Bereich für Blackjack ein. Durch die verspiegelten Wände wirkte der Raum doppelt so groß. Karen lehnte sich nach rechts und versuchte, einen Blick auf die Ecke zu erhaschen, von der Tanner ihr erzählt hatte, konnte sie jedoch nicht ganz sehen.

Es ist der einzige Tisch im ganzen Haus, auf den nur eine Kamera gerichtet ist, hatte er im Hotelzimmer erklärt, während sie Haut an Haut einen Plan geschmiedet hatten.

Die Anordnung der Spiegel im Raum war ebenfalls perfekt. Tanner hatte es selbst ausgekundschaftet. Der einzige Spiegel, der den von ihnen auserkorenen Tisch für eine andere Kamera oder ein wachsames Augenpaar hätte reflektieren können, war entfernt worden, um eine Servicetür zu verbreitern.

Karens Blick wanderte über die Tische, während ihr ein Mantra durch den Kopf ging.

Das vermasseln wir nicht. Wir dürfen es nicht vermasseln. Nicht wie beim letzten Mal.

„Hast du vor, heute Abend noch zu den Spielautomaten zu gehen, Süße?" Ihr Begleiter grinste sie mit nikotinfleckigen Zähnen an.

Karen verkniff sich eine finstere Miene. Die Spielautomaten waren ihr vor drei Wochen zum Verhängnis geworden. Damals war sie so dumm gewesen, genau dieses Casino zu betreten und es mit Magie an ihnen zu versuchen. Die diensthabende Hexe war wachsam gewesen. Sie hatte es erkannt und Karen gerade lang genug spielen lassen, um mit achtzigtausend Dollar erwischt zu werden, die sie illegal gewonnen hatte – illegal nach den ungeschriebenen Regeln des *Scarlet Palace.* Als Schiller bemerkt hatte, dass sie eine Drachendame war, hatte er sie eingesperrt und für Lösegeld festgehalten. Zum Glück war ihr damals ihre ältere Schwester zu Hilfe gekommen, doch es war eine knappe Angelegenheit gewesen.

Karen leckte Salz von ihrem Knöchel, stürzte ihren Tequila hinunter und lutschte an einer Limettenscheibe, um den bitteren Geschmack durch einen anderen zu ersetzen. Das lag alles in der Vergangenheit. An diesem Abend ging es um die Zukunft. Und Mann, sie konnte es kaum erwarten, Las Vegas hinter sich zu lassen.

Als ihr Begleiter einen Schluck von seinem eigenen Drink nahm, spähte sie auf seine Armbanduhr. Schon Viertel vor acht?

„Tja, danke." Abrupt stand sie auf und entfernte sich vom Tisch.

„Was? Süße, wir haben doch noch gar nicht angefangen, Spaß zu haben."

Karen täuschte ein betrübtes Lächeln vor. „Muss los. Viel Glück." Der Mann hatte ihr geholfen, das Casino unbemerkt zu betreten, aber da die verabredete Zeit nahte, konnte sie ihn nicht in ihrem Umfeld gebrauchen. Also eilte sie aus der Bar, bevor er ihr folgen konnte. Unterwegs winkte sie einer der Frauen auf dem Balkon zu – eine von vielen stark geschminkten Ladys, die auf leichte Beute für die Nacht lauerten.

„Der Glatzkopf am Ecktisch macht optisch vielleicht nicht viel her." Karen deutete mit dem Daumen auf ihn. „Aber er hat heute Abend die Spendierhosen an."

Ihre Worte richteten sich an eine Frau, aber gleich drei zupften sich die Haare zurecht und steuerten entschlossen auf die Bar zu.

Karen grinste, bevor sie die Lippen schürzte. Wenn nur der Rest der Nacht so einfach verliefe. Aber sie hatte gerade erst begonnen.

Kapitel 15

„Ich bin dabei", sagte Karen zum Croupier und ließ sich am letzten freien Stuhl des Tischs in der Ecke nieder, ehe ihr jemand zuvorkommen konnte.

Der stämmige Igelgestaltwandler, der den Platz gerade verlassen hatte, zwinkerte ihr zu. Karen verbarg ein Lächeln.

Genau wie von Tanner arrangiert. Ihre Drachendame nickte zufrieden.

Die Miene des Croupiers verriet nicht das Geringste, obwohl auch er in den Plan eingeweiht war. Tatsächlich stellte er ein wichtiges Teil des Puzzles dar, das sich perfekt zusammenfügen musste, wenn Karen es lebendig mit einer Million Dollar aus dem Casino schaffen wollte. Auf dem Namensschild des Mannes stand Dexter Davitt, aber Tanner hatte ihn Dex genannt.

Geh zum Ecktisch. Zu dem, an dem Dex austeilt, hatte er gesagt.

Dex?

Dabei hatte Tanner das einzige Mal während der Besprechung seines Plans ein Lächeln aufblitzen lassen. *Dex. Ein Freund von mir.*

Wie erkenne ich ihn?

Ein Grinsen. *Stell dir eine Mischung aus Denzel Washington und Brad Pitt vor.*

Darunter konnte sie sich nichts vorstellen, nun jedoch verstand sie es. Dex besaß das Lächeln und den Charme des Ersteren und die strahlenden Augen des Letzteren. Bei dem Standardlächeln, mit dem er sie bedachte, blitzte eine Reihe perfekter weißer Zähne auf, die einen Kontrast zu seiner dunklen Haut bildeten – und zwei Frauen in der Nähe schmachtend zum Seufzen brachten. Vielleicht hätte Karen ähnlich wie sie gegeifert, wenn sie ihr Herz nicht bereits an Tanner verloren hätte.

Tanner, der immer wieder kurz in ihrem Blickfeld auftauchte, wenn sie zum richtigen Zeitpunkt hinsah. Seine Aufgabe bestand darin, andere Sicherheitskräfte fernzuhalten. Karen sollte indes mit Dex zusammenarbeiten, um groß abzusahnen.

Dex, der Panthergestaltwandler. Sie musterte das teilnahmslose Gesicht des Mannes. Tanner vertraute dem Panther, also würde sie es auch. Dex sollte fünfzig Prozent des Gewinns erhalten – eine satte Million für ihn. Wenn an diesem Abend alles gutging. Das bedeutete, sie musste zwei Millionen gewinnen, damit nach dem Teilen mit Dex genug für Tanners Clan blieb.

Und was ist mit dem Blutdiamanten? fragte ihre Drachendame.

Das war der einzige Teil des Plans, der ihr nicht gefiel. Sogar zutiefst widerstrebte. Aber Tanner hatte recht damit, dass sie den Diamanten aufgeben mussten. Der Versuch, ihn sich zu holen, wäre zu riskant, und sie wollte ein neues Kapitel in ihrem Leben aufschlagen. Schiller so viel Geld abzuluchsen, um sein Casinovorhaben in Idaho zu verurteilen, würde als Lohn reichen müssen – das und ihr heiles Entkommen aus Las Vegas mit ihrem Gefährten.

Also konzentrier dich, ermahnte sie sich. *Konzentrier dich!*

Dex saß ihr am Tisch gegenüber. An ihm sah seine Uniform des Casinos wie ein maßgeschneiderter Anzug aus. Zu ihrer Rechten befanden sich zwei Männer. Zum einen ein Mensch in Jeans und einer teuren Lederjacke. Sein dichter Schnurrbart hätte Freddie Mercury zur Ehre gereicht. Und neben ihm ein Pinguingestaltwandler – der Geruch und der Smoking ließen keine Zweifel daran.

Links von Karen saß eine hochmütig wirkende Brünette, die ihr Etuikleid zu sprengen drohte. Ihre Lippen waren so rot bemalt, dass sie früher oder später zwangsläufig einen Vampir aufreißen würde.

Lohnt sich nicht, Süße, hätte Karen gern geflüstert, hielt aber den Mund.

Links außen befand sich ein Mensch in dunklem Anzug, der Chips in der Hand schüttelte, als wäre er beim Würfeln statt bei Blackjack. Das stete Klimpern ging Karen mächtig auf die Nerven. Die letzte Spielerin war eine Frau in einem schwarz-weißen Kleid. Als Karen die Augen zusammenkniff, erkannte sie, dass sich das Muster aus kleinen Elvis-Silhouetten zusammensetzte, die sich schwindelerregend wiederholten.

„Bitte um die Einsätze, meine Damen und Herren. Bitte um die Einsätze", rief Dex.

Karen stapelte ihre Chips ordentlich vor sich auf den Tisch und holte tief Luft. Sie wagte nicht, nach hinten zu blicken – dort befand sich laut Tanner die einzige auf Dex' Tisch gerichtete Kamera. Karen setzte zwei Fünfhundert-Dollar-Chips, wartete darauf, dass ausgeteilt wurde, überprüfte ihre Karten – und verlor prompt.

Freddie Mercury streckte triumphierend die Faust in die Luft. Die Frau mit dem Elvis-Kleid quiekte. Karen tat so, als wäre sie enttäuscht, weil das mit zum Plan gehörte – ein bisschen verlieren, ein bisschen gewinnen, bis es an der Zeit für den großen Wurf wäre.

Richtig groß, fügte ihre Drachendame hinzu.

Sie blinzelte mehrmals, um sicherzustellen, dass ihre Augen nicht wie üblich leuchteten, wenn ihre Drachendame einen Schatz vor sich sah, dann platzierte sie den nächsten Einsatz.

„Noch eine Karte", sagte sie in der zweiten Runde. Mit einer Neun und einer Drei auf der Hand hatte sie nicht wirklich eine Wahl, zumal der Croupier eine Karte zeigte, die wahrscheinlich zu keinem Bust führen würde.

Dex kam der Aufforderung nach und schob ihr eine weitere Karte zu, die sie verdeckt liegen ließ, bis er die Runde aufrief.

„Verdammt", murmelte sie, als sie eine Acht umdrehte.

„Bust", meinte die Frau mit dem übertriebenen Lippenstift höhnisch.

Dir zeige ich's gleich, Lady, brummelte ihre Drachendame in ihrem Kopf.

Karen ordnete ihre gestapelten Chips neu und übte sich in Geduld. Ihr Nacken begann zu kribbeln, als hinter ihr ein Rascheln wie von Federn ertönte.

„Dex, Süßer, wie lange arbeitest du heute Abend?", rief eine Frauenstimme.

Die Köpfe der Männer wirbelten so schnell herum, dass sie ein Schleudertrauma riskierten. Als sich auch Karen umdrehte, erkannte sie den Grund. Ein großgewachsenes Showgirl stand da, bis auf ein paar Fetzen Stoff, die ihre Nippel bedeckten, praktisch oben ohne. Das Gefieder ihres Kopfschmucks hätte mehr verhüllt als die winzigen Dreiecke mit Quasten an den Enden.

Der Kopfschmuck verdeckt auch die Überwachungskamera, merkte Karens Drachendame an.

Es war ein Geniestreich ihres Gefährten, dass er das Showgirl in den Plan einbezogen hatte. Die Frau wollte sich noch einen kleinen Bonus verdienen, bevor sie Las Vegas für immer verlassen würde, hatte er gesagt.

„Hi, Amber", sagte Dex. „Noch eine Stunde, Schätzchen."

Ihre Federn eigneten sich perfekt dafür, die Kamera zu verdecken, ohne Aufmerksamkeit zu erregen. Und laut Tanner hatte gerade die langsamste und faulste Truppe des Sicherheitspersonals Dienst. Die Wahrscheinlichkeit, dass sie die blockierte Kamera bemerken und das Showgirl verscheuchen würden, war gering.

„Schade." Amber seufzte. „Ich schaue ein paar Minuten zu."

Karens Herzschlag beschleunigte sich, weil die Worte eine Botschaft beinhalteten. *Alles bereit. Die Kamera ist blockiert, aber nicht besonders lange.*

Es kostete sie alle Selbstbeherrschung, sich nicht übereifrig vorzubeugen und jeden einzelnen ihrer Chips in den Pott zu schieben.

Fang erst klein an und setz dann immer höher, hatte Tanner ihr eingebläut. Und da es seine Show war, tat Karen, wie ihr geheißen. Sie packte einen weiteren Tausender auf den Tisch. Dex stellte nur flüchtig Blickkontakt mit ihr her, als er austeilte, dennoch war die Botschaft unmissverständlich. *Ein Ass und eine Neun. Kommt sofort.*

Neunzehn gegenüber zehn des Croupiers. Sie schwenkte die Hand und lehnte eine dritte Karte ab. „Halte."

In dieser Runde schlug sie das Haus, auch in der nächsten und der übernächsten. Jedes Mal setzte sie höher, bis sie bei jeder Runde mit dem Limit spielte. Sie blieb knapp unter dem Betrag, den Dex melden und genehmigen lassen müsste, letztlich als Schutz des Croupiers gedacht.

Eine Schweißperle bildete sich auf Karens Stirn. Die Zeit tickte. Und obwohl sie nicht wagte, ihre Chips zu zählen, wusste sie, dass sie knapp achthunderttausend Dollar hatte.

Hätte Tanner bei ihr am Tisch gesessen, er hätte den Kopf geschüttelt. *Das reicht nicht. Vor allem, weil wir genug für uns und für Dex brauchen.*

Sie tippte mit den Fingern auf den Tischbezug aus grünem Filz und wünschte, die anderen Spieler würden sich verdammt noch mal beeilen. Der Typ zu ihrer Linken schob seine Chips hin und her, ließ sich bei der Entscheidung über jeden Einsatz quälend lange Zeit. Und kein Wunder, denn er war am Verlieren. Genau wie die Frau mit den überroten Lippen. Sie stürzte nur noch mehr von dem rosa Cocktail in einem rundum von ihrem Lippenstift verschmierten Glas hinunter. Irgendwie trieb auch das Karen in den Wahnsinn. Eigentlich galt dasselbe für alles außer den Karten, die sie zog.

„Wow, zwei Neunen", murmelte der Pinguingestaltwandler staunend über ihr nächstes Blatt.

„Split", sagte sie und bemühte sich, ruhig zu bleiben, als Dex ihr einen Buben und ein Ass austeilte.

„Heilige...", begann Freddie Mercury.

„Doppelt." Karen tippte auf ihren Einsatz.

„...Scheiße", beendete der Mann seinen Ausruf, als die Runde mit einem weiteren Sieg für Karen endete. „Zweimal verdoppelt zu je fünfundzwanzigtausend..."

Satte hunderttausend Dollar in Chips, die Karen eifrig zu sich zog.

So viel Geld, brummte ihre Drachendame.

Tatsächlich war es noch ein bisschen zu wenig, aber es summierte sich rasch. Nach zwei weiteren Runden erhöhte Karen die Einsätze erneut. Dex griff unter den Tisch, genau, wie Tanner es angekündigt hatte. Croupiers mussten bei hohen Einsätzen und wiederholten Gewinnern die Sicherheitsabteilung verständigen – was normalerweise mächtigen Ärger bedeutet hätte. Allerdings hatte Tanner die Leitung zum Kommunikationsraum gekappt. Bei der zweifellos folgenden Untersuchung könnte Dex wahrheitsgetreu behaupten, er hätte die Meldung getätigt, auch wenn sie nicht durchgegangen war.

Unser Gefährte ist ein Genie, säuselte Karens Drachendame.

Sie klopfte mit den Knöcheln, als wollte sie die nächste Runde beschleunigen. Musste der Pinguin wirklich bei jedem Blatt seine Chips nicht einmal, sondern gleich zweimal zählen? Und musste die Frau am Ende des Tischs andauernd Elvis-Songs summen?

Einige Runden später raschelten die Federn hinter Karen ungeduldig, und als sich Dex' Blick auf jemanden auf der anderen Seite des Raums heftete, erstarrte Karen. War die Zeit abgelaufen? Kam gerade der Sicherheitsdienst, um nachzusehen, was sich an ihrem Tisch abspielte?

Dex' Schultern entspannten sich leicht. Damit zeigte er an, dass die Luft rein war, dennoch teilte er die nächste Runde im Eiltempo aus.

Nur noch ein bisschen länger. Ihre Drachendame knirschte mit den Zähnen, und sie spannte sämtliche Muskeln an.

Auch achthunderttausend nach Abzug von Dex' Anteil reichen, hatte Tanner zu ihr gesagt. *Uns fällt dann schon etwas ein, wie wir den Rest auftreiben.*

Diesmal knirschte Karen selbst mit den Zähnen. Sie wollte nicht nur fast genug gewinnen. Sie wollte jeden Dollar, den Tanner brauchte, um das Land seines Clans zu schützen. Für ihn – und für sich selbst, weil es ihr die Gelegenheit bot, sich vor Tanner und dessen Familie zu beweisen.

„Karte", murmelte sie bei der nächsten Runde, und sogar Dex' Augenbrauen schossen in die Höhe. Tanner hatte ihr erklärt, dass Dex etwa neunzig Prozent der ausgeteilten Karten verfolgen konnte, aber nicht jede einzelne.

„Sie spinnen doch, Lady." Der Pinguin schüttelte den Kopf. Karen hatte eine Königin und eine Sieben – ein gutes, hohes Blatt.

Karen. Tanners besorgte Stimme drang quer durch den Raum in ihren Kopf.

„Karte", beharrte sie.

Dex schwenkte die Hand und drehte ihre andere Karte um. Ein überraschter Ausruf ertönte.

„Eine Vier! Einundzwanzig!", jubelte die Elvis-Lady für sie.

Als sich Karens Gewinn stetig der Zwei-Millionen-Marke näherte, fühlte sie sich trunken vor Erfolg. Tatsächlich sogar wie berauscht. Das hätte alle ihre inneren Alarmglocken zum Bimmeln bringen sollen.

Übertreib es nicht, mahnte Tanner sie zu Vorsicht. *Das muss reichen.*

Sie knackte mit den Knöcheln und verlangte mit einer Geste neue Karten. Das Showgirl wurde nervös, verlagerte unruhig das Gewicht von einem Bein aufs andere. Karen schob die Brille höher auf die Nase und sah auf die Armbanduhr.

Nur noch eine Runde, flüsterte ihre Drachendame. *Wir brauchen nur noch eine weitere Runde.*

Dex' Blick zuckte hin und her. Auch die Bewegungen seiner Finger über die Karten verrieten seine Anspannung.

Schnell, drängte Karens Drachenseite. *Noch eine schnelle Runde.*

„Ich habe gleich Pause", rief Dex dem Showgirl zu. „Bleibst du noch kurz und schaust weiter zu?"

Ja, hätte Karen beinah hinzugefügt. *Bleib, wo du bist. Rühr keine Feder.*

„Für dich tue ich doch alles, Süßer", erwiderte das Showgirl.

Für die zwanzigtausend, die ich kriege, tue ich doch alles, hätte die Frau genauso gut sagen können. Obwohl der Ton ihrer Stimme verriet, dass sie ungeduldig darauf wartete, endlich gehen zu können.

Die Anwesenheit des Showgirls war Segen und Fluch zugleich. Da die Federn nach wie vor die Kamera verdeckten, wurde niemand auf Karens Siegesserie aufmerksam. Aber da die Männer immer wieder zu Amber glotzten, ging das Spiel nur im Schneckentempo voran.

Dex schnippte Karten über den Filzbezug und klopfte auf den Tisch, um die allgemeine Aufmerksamkeit zu erlangen. „Ist jemand dabei?"

„Karte", sagte Freddie Mercury.

Das Austeilen der Karte an Freddie dauerte eine gefühlte Ewigkeit, und Karen wischte sich über die Stirn. Ihre Finger tippten auf den Tisch. Sie war nicht ganz zufrieden mit ihrem Blatt.

„Noch eine Karte?", fragte die Frau mit den überroten Lippen ungläubig. „Mit einer Neun und einer Acht?"

Ja, es war riskant, aber verdammt, Karen hatte gerade einen Lauf.

Als Dex ihr ein Ass austeilte, lehnte sie sich erleichtert zurück. Achtzehn. Wieder gewonnen.

„Das ist so aufregend, dass ich nicht gehen will", verkündete das Showgirl hinter ihrem Ohr. Mit anderen Worten: *Beeil dich, verdammt noch mal. Ich muss hier weg.*

Eine ledrige Hand zog an ihrem Arm. Karen drehte den Kopf und erblickte Großmutter Panda, die in einem hochgeschlossenen Seidenkleid und mit Goldschmuck wie eine Kaiserin aussah.

„Zeit wir gehen. Zeit wir gehen", drängte die Frau mit starkem Akzent und schneller Aussprache.

Auch das war arrangiert worden – genau wie die Zahlung von zehntausend Dollar, auf die sie sich an jenem Nachmittag geeinigt hatten. Die Pandagestaltwandlerin würde Karens Chips einlösen, damit sie selbst einen schnelleren Abgang hinlegen könnte.

Dex tippte mit den Fingern auf den Tisch, forderte sie stumm auf, es gut sein zu lassen.

Karen musste nur noch an ihrem Drink nippen, in der nächsten Runde aussteigen, ihr Geld abholen und sich draußen mit Tanner treffen. Er hatte sein Motorrad in der Nähe versteckt. Schon bald würden sie mit dem Wind im Haar über den Highway brausen. Sobald sie Utah erreichten, würden sie den anderen deren Anteil am Gewinn überweisen, bevor sie weiter in ihr Glück fahren würden.

Großmutter Panda streckte einen Seidenbeutel mit einem aufgestickten chinesischen Drachen vor. Die Chips, die Karen über die Tischkante schob, landeten mit einem gedämpften Klimpern darin.

Langsam atmete sie aus. Der schwierige Teil war überstanden. Sie war fast fertig.

Der Pinguingestaltwandler nickte beglückwünschend, und Dex wischte sich die mittlerweile glänzende Stirn. Sie hatten es geschafft. Gute zwei Millionen befanden sich in dem Beutel.

Einer der Chips jedoch verfehlte ihn und rollte unter den Tisch. Freddie Mercury bückte sich und hob ihn für Karen auf.

„Noch eine letzte Runde?" Er grinste.

Karen spürte, wie die Versuchung an ihr zog wie ein Puppenspieler an einer Marionette. Bisher hatte sie an diesem Abend ausschließlich für Tanners Bärenclan gespielt, nicht für sie selbst. Ein weiterer Gewinn mit dem Zehntausend-Dollar-Chip könnte Tanner und ihr einen hübschen kleinen Notgroschen verschaffen.

„Bis dann, Dex, mein Süßer." Amber stöckelte mit klappernden Tanzschuhen und flatterndem Kopfschmuck davon.

Karen musste alle Entschlossenheit aufbieten, um den letzten Chip entgegenzunehmen und damit aufzustehen, statt noch einmal zu setzen. Doch kaum hatte sie sich erhoben, füllte sich der Platz hinter ihr wieder.

„Sir." Dex nickte dem Neuankömmling zu. An der Neigung von Dex' Kopf erkannte sie, dass der Mann weit über 1,80 Meter hoch aufragen musste. Wahrscheinlich sogar über zwei Meter. Dem trockenen Savannengeruch nach zu urteilen, handelte es sich um einen Giraffengestaltwandler.

Der Teil war nicht arrangiert. Was nur bewies, dass Karen das Schicksal auf ihrer Seite hatte. Der Gestaltwandler hatte sich genau dort platziert, wo Amber gestanden hatte, und blockierte statt ihr die Kamera. Was bedeutete, dass ihr Zeit für eine weitere Wette blieb, richtig?

Karen schob den letzten Chip in den Pott und sagte: „Noch eine Runde."

Großmutter Panda gab einen tadelnden Laut von sich und schüttelte den Kopf, eine Geste, die besagte: *Diese Jugend von heute...* Dann trat sie mit den Chips in ihrem Beutel den Weg zur Kasse an.

Ich komme gleich nach, rief Karens innere Drachendame der alten Dame hinterher. *Nur noch eine Runde...*

Eine Runde, die eine Ewigkeit zu dauern schien.

„Entscheiden Sie sich endlich", sagte Karen barsch, als der Pinguin zum zwanzigsten Mal seine Chips zählte.

„Ich bin mit dreitausend dabei", verkündete er schließlich.

„Ich mit zehn", versuchte Karen, die Einsätze zu erhöhen.

Von da an schien alles in Zeitlupe abzulaufen. Die Karten, die Dex austeilte, flatterten eine nach der anderen über den Tisch. Der Pinguin überprüfte sein Blatt viermal. Die Lippenstift-Lady verdoppelte ihren Einsatz. Die Frau mit dem Elvis-Kleid summte lauter, und selbst das Geräusch dehnte sich in Karens Kopf zu einem tiefen Leiern.

Sie betrachtete ihre Karten. Ein Ass und eine Zwei – dreizehn.

„Karte." Ihre Finger kratzten über den Filz der Tischplatte, um sich zu beschäftigen.

Auch der Pinguin nahm eine weitere Karte und endete mit einer starken Neunzehn. Der Croupier hatte eine Königin und eine verdeckte Karte. Karen drehte ihre dritte Karte um und atmete langsam aus.

„Eine Sieben!", rief die Elvis-Lady. „Wow. Sie haben wirklich einen Lauf."

Als Dex seine zweite Karte umdrehte und eine Sechs aufdeckte, stieß Karen den angehaltenen Atem aus und griff nach ihrem Gewinn. Sie hatte es geschafft! Sie hatte es tatsächlich geschafft!

Sie warf Dex einen Tausend-Dollar-Chip als Trinkgeld zu und verlagerte das Gewicht, wollte aufstehen. Plötzlich kühlte die Luft im Raum ab, als hätte jemand die Klimaanlage zu niedrig geregelt.

Dex' Augen weiteten sich bei einem Anblick hinter Karen, und ihre Haut kribbelte.

„Ich gehe jetzt lieber", murmelte der Pinguingestaltwandler mit zittriger Stimme.

Das wollte auch Karen, aber als sie sich auf dem Stuhl umdrehte, versteifte sich jeder Muskel ihres Körpers.

Igor Schiller stand mit finsterer Miene und vor der Brust verschränkten Armen vor ihr. Seine Frisur saß tadellos, in seinen Wangen fehlte jede Spur von Farbe. Und sein Körper strahlte keinerlei Wärme ab. Elvira stand in einem Paillettenkleid zu seiner Rechten und schaute zutiefst verächtlich drein. Vier Muskelprotze des Sicherheitspersonals flankierten das Paar.

Karens Mut sank, vor allem, als sie Tanner hinter ihnen entdeckte, die Augen vor Schreck geweitet. Offensichtlich hatte Igors Planänderung auch ihn völlig überrascht.

„Sieh an, sieh an", sagte Schiller mit totenfrostiger Stimme. „Was haben wir denn da?"

Kapitel 16

Heilige Scheiße.

Tanner ballte die Hände zu Fäusten und versuchte, eine ruhige Fassade aufrechtzuerhalten. Was sich als nahezu unmöglich erwies, weil sein Bär brüllend verlangte, befreit zu werden.

Vampire töten! Gefährtin schnappen! Schleunigst von hier verschwinden!

Das Tier war fast genauso schwer zu bändigen wie sein Temperament. Was hatte sich Karen dabei gedacht, so lang im Casino zu bleiben?

Sie gewinnt das Geld, das wir für das Land brauchen, erinnerte sein Bär ihn. *Sie hat sich für uns in Gefahr gebracht.*

Was es ziemlich schwierig gestaltete, auf sie wütend zu bleiben, weil sie so leichtsinnig war. Aber verflucht: Wie sollte er sie da rausholen? Sicherheitsleute strömten von allen Seiten herbei und umzingelten den Tisch. Sogar Dex, sonst der Inbegriff von Ruhe und Gelassenheit, mischte nervös die Karten immer wieder neu. Die anderen Gäste flohen vom Tisch. Karen blieb allein zurück, so trotzig und schön wie immer, vor allem in jenem grünen Seidenkleid, in dessen Stoff ein Hauch von Drachenmagie steckte.

Er seufzte leise. Sah seinem Glück ähnlich, dass er sich ausgerechnet in eine eigenwillige Drachendame verliebt hatte, die nicht wusste, wann es genug war.

Seinem Bären wärmte der Gedanke das Herz.

„Wie schön, dich wiederzusehen, meine Liebe", sagte Schiller in säuerlichem Ton.

„Kann ich umgekehrt nicht behaupten", schoss Karen zurück.

Tanner hielt den Mund und wog die Entfernung zum nächsten Ausgang ab. Weit. Viel zu weit. Vor allem, weil gerade sieben oder acht Vampire aufmarschierten. Er hatte Schiller schon gespürt, kurz bevor der Mann durch die Casinotüren gekommen war. Und obwohl er sofort losgeeilt war, um den Vampir abzufangen und Karen Zeit zu verschaffen, waren zu viele Gäste im Weg gewesen.

Töten! Angreifen! Verstümmeln! brüllte sein Bär.

Tanners Fingernägel bohrten sich tief in seine Handflächen, während er sich kaum noch zurückhalten konnte. Aber er konnte nicht einfach alle aus dem Weg rempeln, weil das Überraschungsmoment seinen einzigen Vorteil darstellte. Schiller und seine Männer gingen davon aus, dass er sie unterstützen würde. Also musste er mitspielen, bis er eine vernünftige Gelegenheit sah, zuzuschlagen.

Finde sie besser bald, kam knurrend von seinem Bären.

„Nette Frisur", spottete Elvira. „Und die Brille finde ich bezaubernd. Aus einem Ramschladen?"

Tanner sträubten sich die Nackenhaare. Oh Mann, wie gern würde er Elvira den Hals umdrehen.

Karen tätschelte ihr Haar. „Die Frisur gefällt dir? Zu der Frau, die sie mir gemacht hat, habe ich gesagt, ich will sie genau wie deine haben." Elvira lächelte verhalten, bis Karen zu Ende sprach. „Du weißt schon, künstlich und aufgedonnert, mit genug Haarspray, um ein, zwei Kugeln aufzuhalten."

„Kugeln werden nicht nötig sein, meine Liebe." Schiller ließ seine Fänge aufblitzen.

Karen starrte ihn finster an. „Du hast recht. Ich dachte eher an einen Pflock durchs Herz. Weihwasser. Knoblauch. So was in der Art."

„Dein Herz wird das blutende sein, Schätzchen", spottete Elvira und leckte sich die Lippen.

Tanner beobachtete, wie sich Karen ihr für eine weitere schnippische Erwiderung zudrehte. Aber als ihr Blick auf den zwischen Elviras Brüsten funkelnden Edelstein fiel, hielt sie inne.

Der Diamant, flüsterte sein Bär in gedämpftem Ton. *Elvira trägt den Blutdiamanten.*

Karens Augen schimmerten wie der Diamant, wenn er ins Licht gehalten wurde. Tanner konnte förmlich sehen, wie sich die Drachendame in ihr dicht unter der Oberfläche aufbäumte, genauso kurz davor auszubrechen wie sein Bär.

Lass mich raus! Es ist an der Zeit, mit Zähnen und Klauen zu kämpfen statt mit Fäusten. Um Karen zu beschützen. Um sie hier rauszuholen.

Tanner sah sich um und zählte die Wachleute. Er musste seinen Angriff perfekt timen, wenn er eine Chance auf Erfolg haben wollte. Acht Vampire, und zwei weitere rückten gerade an. Mist. Ein Grizzly hatte gute Aussichten, mit zwei, vielleicht drei Blutsaugern fertig zu werden. Aber zehn?

Wir müssen ja nicht gewinnen, solange Karen lebend rauskommt, brummte sein Bär, der bereit war, den Märtyrer zu geben.

Wenn es nötig wäre, würde Tanner es tun. Aber verflucht, gab es keinen besseren Weg?

Ein weiterer Vampir eilte auf die Gruppe zu. Mist – es war Antoine, der Wachmann, den er niedergeschlagen hatte. „Ich habe doch gesagt, dass sie eine verdammte Hexe ist!"

„Halbdrachin." Schiller sprach die Silben so gedehnt aus, als genösse er einen guten Brandy. „Halbhexe."

Alle Vampire leckten sich die Lippen. Der Anblick verursachte Tanner eine Gänsehaut. Sie würden auch ihn aussaugen, wenn sie sein doppeltes Spiel entdeckten. Er spannte die Kiefermuskulatur an. Tja, kampflos würde er jedenfalls nicht untergehen. Und solange Karen entkäme, könnte er mit einem gewissen Gefühl der Genugtuung sterben, oder?

Karen starrte nach wie vor berechnend auf den Diamanten, und sein Bär wurde trübsinniger.

Na ja, auch wenn sie uns nicht so liebt wie wir sie, wird es das wert gewesen sein. Das Tier seufzte, als es sie so fixiert auf den Diamanten sah.

Wäre einer der Bärenältesten hier gewesen, er hätte sich vorgebeugt und Tanner auf die Schulter geklopft. *Einer Hexe kann man nicht trauen, Jungchen. Und was Drachen angeht – tja, die interessieren sich nun mal nur für Schätze.*

Dann blinzelte Karen – einmal, zweimal –, und Tanner stand vollkommen still. Er atmete nicht. Rührte sich nicht. Dachte nicht. Hoffte nur von ganzem Herzen.

Ihre leuchtenden Augen lösten den Blick vom Diamanten, richteten ihn auf Tanner, und sie lächelte. Sie *lächelte*, als wäre sie nicht von einem Dutzend zorniger Vampire umgeben, die alle nur darauf warten, sich an ihrem Blut zu laben.

Ich liebe dich, besagten ihre Augen.

Ich liebe dich, übermittelte er zurück.

Sie nickte kaum merklich und sah sich um, wirkte wieder berechnend. Dann rieb sie sich mit drei Fingern über die Wange.

Auf drei, murmelte Karen in seinen Gedanken.

Mist. Was hatte sie jetzt wieder vor?

Tanner nickte hinter den Vampiren. Wenn es je eine Zeit für Spontaneität gegeben hatte, dann diesen Augenblick. Was genau Karen bei drei zu tun gedachte, wusste er nicht. Tatsächlich hätte er zu wetten gewagt, dass sie es selbst noch nicht wusste. Dennoch war er uneingeschränkt dabei.

„Die perfekte Kombination für einen Mitternachtsschmaus", fuhr Schiller fort und bestätigte damit die Befürchtung, dass es für Karen diesmal kein Luxusgefängnis geben würde.

Tanner überkamen schreckliche Bilder von Karen, die sich auf den Boden gedrückt gegen Schillers Reißzähne wehrte, und sein Blut geriet in Wallung. Und obwohl die Bilder ihn anwiderten, hielt er daran fest und ließ sie die Wut seines Bären schüren.

Eins, besagte Karens Blick.

Er rollte sich auf die Fußballen, bereit, die beiden Vampire, die sich ihm am nächsten befanden, von hinten auszuschalten.

„Weit weg von perfekt..." Elvira schnaubte verächtlich.

„Nicht so weit wie du", schoss Karen im selben Moment zurück, in dem sie *zwei* signalisierte.

„...aber sie wird wohl reichen müssen", sprach Elvira weiter und ignorierte die Beleidigung.

Karen verdrehte die Augen und schaute zur Decke. Sie verschob den Unterkiefer erst nach links, dann nach rechts, bevor sie Tanners Blick begegnete.

Bereit für drei?

Tanner ließ die Fingernägel zu Bärenkrallen wachsen und verlagerte das Gewicht. Und ob er bereit war.

Karen warf den Kopf zurück und hustete. Funken sprühten aus ihrem Mund.

Elvira lachte gackernd. „Das nennst du Feuer? Aber natürlich bist du ja nur zur Hälfte eine Drachin...“

Karen schnippte mit den Fingern. „Und zur Hälfte eine Hexe.“ Sie hustete erneut, und *wusch!* Die Funken entzündeten sich zu einer riesigen, gierigen, direkt an die Decke gerichteten Flamme.

Elvira kreischte. Die Vampire traten zurück und hoben die Hände, um die Gesichter vor dem grellen Licht abzuschirmen.

Drei! rief Karen im Kopf ihres Gefährten.

Tanner fletschte die Zähne und schlug mit den Krallen zu.

Wusch! Karen spie in einem mächtigen, feurigen Bogen eine weitere Flamme.

Plumps! Der erste Vampir ging zu Boden, die Kehle von Tanners Klauen herausgerissen. Ein zweiter landete neben ihm, tot, bevor er auf dem roten Teppich aufschlug.

Mit Gebrüll stürzte sich Tanner auf den nächsten Vampir, als überall in dem Bereich Geschrei und Rufe ausbrachen.

„Ein Kampf! Ein Kampf!“

„Feuer! Feuer!“

Die Worte lösten einen Ansturm auf die Ausgänge aus. Gleichzeitig heulten Alarme, und die Sprinkleranlage ging an.

„Meine Frisur!“, stieß Elvira kläglich hervor und versuchte, sich mit ihrem blutroten Schal zu bedecken.

Tanner erhaschte einen kurzen Blick auf Dex, der in seine Richtung schaute.

Brauchst du Hilfe? fragte der Gesichtsausdruck des Panthers.

Tanner fuhr mit der Hand durch die Luft und bedeutete ihm flüchtig, sich zurückzuhalten. *Das ist nicht dein Kampf, Bruder.*

Dex war ein verdammt guter Kämpfer, aber wenn der Panther seine Tarnung aufrechterhalten könnte, hätten sie ein Ass im Ärmel, falls die Dinge katastrophal schiefgingen.

Und so, wie er Karens überhastet geschmiedete Pläne kannte, würden sie das vielleicht. Allerdings galt dasselbe für seine hastig geschmiedeten Pläne.

Dex huschte hinter dem umgekippten Tisch in Deckung.

„Du!", zischte Schiller und stapfte auf Karen zu. Durch das Wasser aus der Sprinkleranlage klebte ihm das Haar an der Kopfhaut. Sein maßgeschneiderter Anzug war triefnass.

Tanner rempelte zwei Wachleute aus dem Weg und versuchte, Schiller rechtzeitig zu erreichen.

„Du", erwiderte Karen ruhig und entfesselte die nächste Flamme direkt auf den Vampir.

Igor duckte sich, hechtete in Deckung, und – *Oha!* – Tanner konnte den weitesten Feuerzungen gerade noch ausgewichen.

Entschuldigung! stieß Karen hervor.

Oh Mann, dein Feuer ist gefeit gegen Wasser. Praktischer Trick. Er nickte ihr zu.

Noch nie hatte er Karen stolzer als in jenem Augenblick erlebt. Nur leider blieb ihm keine Zeit, sie zu bewundern. Er wirbelte herum und schlug mit den Klauen nach links, als Antoine mit einem Schlag auf seine Nieren zielte. Der Vampir verfehlte, Tanner nicht, und auf der Wange des Blutsaugers erschienen vier parallele Linien aus widerlich blau-rotem Blut. Tanner brüllte und schlug erneut zu. Diesmal traf er Antoine am Hals. Gut, dass im gesamten Casino ein heilloses Durcheinander herrschte – keiner der Schreie schien eine Reaktion auf dieses besondere Ereignis zu sein. Das Feuer hatte die von der Decke hängenden Banner erfasst, die Gäste stolperten verzweifelt durch den dichten Wasserschleier, der aus den Sprinklern regnete.

„Vorsicht!", brüllte Karen.

Zwei gelbe Flammenranken züngelten an Tanners Ohr vorbei, als er nach einem Schlag eines anderen Angreifers stolperte. Er rollte sich ab, rappelte sich auf die Knie und hieb mit einer mächtigen Klaue nach dem Vampir. Mehr hatte er von seinem Bären nicht herausgelassen. Den Rest hielt er zurück,

wenn auch mit Müh und Not. In Menschengestalt wäre es entschieden einfacher, zu fliehen.

„Nein!", schrie Karen auf, und sein Kopf wirbelte herum.
Ein Vampir hatte sich von hinten an sie angepirscht und schleif-
te sie weg, während Schiller auf sie zustapfte.

„Ich habe genug von dir, meine Liebe", murmelte der Vampir, während seine Wachleute Karen umzingelten.

Noch nie war eine blasse Blutsaugervisage so rot vor Zorn
angelaufen, und noch nie hatte Schiller so bösartig geklungen
wie in jenem Moment. Aber auch Tanner hatte sich noch nie
so groß und wütend gefühlt, und als er angriff, flogen Körper
durch die Gegend. Vampire grunzten. Blut spritzte. Scharfe
Nägel kratzten über seine Haut, unmenschlich starke Schläge
trafen seinen Körper, während er sich zu seiner Gefährtin
kämpfte.

Der Kronleuchter erzitterte, als Tanner mit seiner
Bärenstimme brüllte. Er schleuderte einen weiteren Vampir
gegen die Wand und zerschmetterte damit einen Spiegel.

„Lauf weg!", rief Karen.

Als ob er sie je verlassen würde. Als ob er je der Frau, die
er liebte, den Rücken zukehren würde.

Die von Karen gespienen Flammen wurden schwächer, entweder durch die Sprinkleranlage oder durch einen Gegenzau-
ber von den Hexen des Casinos. Schiller wirbelte von Karen
zu Tanner herum und verengte die dunklen Augen vor Wut zu
Schlitzen.

„Du."

Karen hätte bestimmt eine schlagfertige Erwiderung für
den Vampir auf Lager gehabt. Aber Tanner war nur ein Bär,
und Bären drückten sich anders aus.

Mit einem Hieb der gewaltigen Klaue schleuderte er Schiller
rückwärts über den Blackjack-Tisch, indem er die Wut und
Kraft eines Dutzend Grizzlys hineinlegte.

„Tanner", sagte Karen, als sie sich endlich von Angesicht
zu Angesicht gegenüberstanden.

„Karen", stieß er hervor.

„Lass uns von hier verschwinden, ja?"

Er nickte. „Ja. Nichts wie weg." Er starrte die letzten Vampire an, die ihm im Weg standen.

„Äh...", murmelte einer und sah den anderen an.

„Äh...", stammelte der zweite.

Tanner stapfte vorwärts, und beide schlurften zurück.

Gut, brummte sein Bär.

„Einen Moment." Karen zog die Hand aus seiner.

Um ein Haar hätte er sie sich über die Schulter geworfen und wäre mit ihr zur Tür gepflügt. Sie durften keine Zeit verlieren. Aber Elvira kauerte hinter einem umgestürzten Tisch, und Karen riss ihr den Diamanten vom Hals.

„Den nehme ich mit", sagte sie und eilte zurück an Tanners Seite.

Er zog Karen in Richtung der Tür und ignorierte Elviras Kreischen.

„Autsch! Musst du meine Hand so quetschen?", klagte Karen.

„Ja." Er wollte unter keinen Umständen eine weitere impulsive Handlung seiner Gefährtin riskieren.

„Aber... aber...", protestierte Karen, als sie durch die Glastüren hinaus auf den Bürgersteig rannten, wo die frische Nachtluft Tanner den ersten Vorgeschmack auf eine Freiheit schenkte, auf die er viel zu lange verzichtet hatte. „Warte!"

Er wartete zwar nicht, ließ sich aber von ihr dorthin führen, wo Großmutter Panda stand.

„Danke!", rief Karen und schnappte sich die Tasche der Frau. Als sie gegen Tanners Bein schwang, traf sie ihn mit einem dumpfen Laut, nicht mit einem glockenhellen Klirren. Demnach war es der Pandafrau gelungen, die Chips gegen Bargeld einzutauschen, bevor die Hölle losgebrochen war.

„Gern geschehen!" Die ältere Pandagestaltwandlerin tätschelte eine prall mit ihrem Anteil gefüllte Handtasche.

„Da lang." Tanner wies Karen die Richtung durch die Menge, die sich draußen tummelte. Die Vampire würden im Nu die Verfolgung aufnehmen, weil er erstens Karen hatte, deren Blut sie wollten, zweitens zwei Millionen Dollar von ihrem Geld und drittens den Diamanten. Unterwegs fragte er sich kopfschüttelnd, wie er so tief in Schwierigkeiten geraten konnte.

Würdest du es denn anders wollen? Sein Bär grinste.

Nein, würde er wohl nicht. Trotzdem würde er mit Sicherheit feiern, sobald sie die Staatsgrenze nach Idaho überquert hätten. Den Großteil der knapp tausenddreihundert Kilometer nach Hause würde er vermutlich immer wieder nervös über die Schulter blicken.

Nein. Wir haben diesen Vampiren eine Lektion erteilt. Sie werden sich verdammt noch mal von uns fernhalten, behauptete sein Bär.

Gott, er hoffte es.

„Spring auf." Tanner hievte ein Bein über das Motorrad, das er in der Nähe geparkt hatte.

Karen verstaute den Beutel mit Geld in der Packtasche aus Leder, bevor sie hinter ihm auf den Sitz kletterte. Als sie den Körper an seinen drückte, lächelte er zum gefühlt ersten Mal seit Tagen. Ihre Worte ließen ihn noch breiter grinsen.

„Bring mich nach Hause, Bär. Bring mich nach Hause."

Kapitel 17

Karen beugte sich vor und küsste Tanner auf die Wange. Als er den Motor anwarf und losfuhr, stob die Menge auseinander, und sie umklammerte die Taille ihres Gefährten. Vorerst würde der keusche Schmatz auf die Wange reichen müssen. Aber für später hatte sie unzählige heißere Küsse als Wiedergutmachung für ihn auf Lager. Und sie würde sich auch reichlich entschuldigen, denn diesmal hatte sie ihr Glück wirklich auf eine harte Probe gestellt.

Tatsächlich hast du dein Glück eher zu einem dünnen Faden gestreckt und darauf im Sprint einen tiefen Abgrund überquert, meldete sich eine strenge Stimme in ihrem Hinterkopf zu Wort, als das Motorrad den Las Vegas Boulevard erreichte und beschleunigte.

Beinah hätte sie eine bissige Erwiderung abgefeuert. Stattdessen vergrub sie das Gesicht an dem Stoff, der Tanners breiten Rücken bedeckte.

Na schön, vielleicht habe ich das.

Vielleicht?

Unbestreitbar.

Was ist aus dem neuen Kapitel geworden, das du aufschlagen wolltest?

Karen schluckte und zählte bis zehn. Dann wiederholte sie es, denn sie hatte nicht vorgehabt, so viel aufs Spiel zu setzen. Es war nie geplant gewesen, Tanners Geld oder Leben in Gefahr zu bringen.

Eine lange Weile verharrte sie mit an ihrem Gefährten versteckten Gesicht, während sie sich innerlich belehrte.

Ich lege mich nie wieder mit Vampiren an. Komme, was wolle.

Wann immer möglich, halte ich den Mund. Das will ich ganz fest versuchen.

Nur diesem Bären werde ich für den Rest meines Lebens jeden Tag sagen, was er mir bedeutet.

„He", rief Tanner über die Schulter. „Alles gut?"

Das Motorrad rollte über den glatten Asphalt des Highway 15 Richtung Norden – scheinbar direkt auf den Schwanz des Großen Bären zu, als sie über Tanners Schulter spähte. In jener kühlen, frischen Nacht strotzte der Himmel vor Sternen. Karen steckte die Hände in die Taschen seiner Jacke und genoss den Wind, der durch ihr Haar wehte. Sie fragte sich, was sie sagen, wo sie anfangen sollte.

„Danke." Karen schwor sich, noch tausend weitere Varianten des Worts auszuprobieren, weil es nicht ausreichend erfasste, was sie meinte. „Mir geht's gut", fügte sie hinzu, obwohl sie damit nicht mal ansatzweise sagen konnte, was sie eigentlich ausdrücken wollte.

Tanner verstand sich besser auf knappe Worte, denn er besaß die Gabe, allein mit seinem Tonfall alles auf den Punkt zu bringen. „Danke", murmelte er über die Schulter. Die Worte liebkosten ihr Ohr, bevor der Wind sie wegriss.

„Es tut mir leid", platzte sie eine Sekunde später heraus.

„Was meinst du?"

„Alles." Sie hatte wieder mal Mist gebaut, mit ihrer beider Leben gespielt.

„Mir tut nichts leid." Tanner streichelte ihre Hand.

Sie drückte die Wange an seinen Rücken, rieb sie daran. Was hatte sie getan, dass sie sich den besten Bären der Welt verdient hatte?

„Noch hundertfünfzig Kilometer, dann..." Das Motorrad scherte aus.

Karen hob den Kopf. „Was ist?"

„Mist." Tanner schaute in den Seitenspiegel.

„Was ist?", rief sie, bevor sie schluckte. „Oh Gott."

Die Scheinwerfer mehrerer großer, schwarzer SUV erhellten den Highway hinter ihnen und näherten sich schnell.

„Schiller?" Karen hoffte, Tanner würde irgendjemand anderen nennen.

„Schiller", bestätigte er mit tonloser Stimme.

„Mist." Sie starrte auf den Tacho, bevor sie über die Schulter spähte. Die Vampire holten eindeutig auf. Was jetzt?

Tanner drehte den Motor höher, doch die Geländereifen des Motorrads ließen keine allzu große Geschwindigkeit zu.

„Verdammt", murmelte er, als klar wurde, dass sie den Vampiren nicht davonfahren konnten.

Wieder schaute Karen zurück und spürte, wie ihr Hitze ins Gesicht stieg. Sie hatte genug von Igor Schiller und seiner Bande von Blutsaugern.

„Halt dich fest", sagte Tanner in jenem ruhigen Ton, den er immer dann benutzte, wenn die Dinge außer Kontrolle gerieten.

Der Motor heulte auf, als er die Maschine vom Highway ins offene Gelände lenkte. Die Räder der SUV quietschten, als sie ihnen folgten und eine Staubwolke aufwirbelten, die sich im fahlen Mondlicht ausbreitete.

„Mist." Sie klammerte sich an Tanner fest, als sie zusammen über eine Mondlandschaft aus Steinen und niedrigen Büschen holperten.

„Wir schaffen das", murmelte Tanner, doch Karen wusste, dass er ihr damit nur Mut machen wollte. Wie sollten sie im Gelände vier SUV abschütteln?

Ein mächtiger Suchscheinwerfer erfasste sie, und ein donnernder Knall dröhnte durch die Nacht.

„Oha!" Karen duckte sich und hielt sich krampfhaft fest, als Tanner zur Seite ausscherte und sie beinah abgeworfen worden wäre. Als er geradeaus weiterbretterte, ertönten noch zwei Knalle und übertönten die Geräusche der angestrengten Motoren und umherspritzenden Kiesel. „Jetzt schießen sie auf uns?"

Er nickte. „Bestimmt mit Silberkugeln."

„Was?" Am liebsten hätte sie aufgestampft und geschrien, die Faust geschüttelt und einen anklagenden Finger erhoben, der Welt zugebrüllt, dass es nicht fair war. Wie konnten diese Vampire es wagen, eine der wenigen Waffen zu benutzen, die ein so imposantes Geschöpf wie ihren Bären töten konnten?

Ihren Bären, verdammt noch mal!

Wie können sie es wagen? tobte ihre Drachendame in ihr. Und plötzlich sah sie Rot.

Sie hatte Tanner in Gefahr gebracht.

Wieder und wieder hatte sie sich den Zorn der Vampire zugezogen, und wieder und wieder hatten sie Jagd auf sie gemacht.

Karen hatte die Nase voll davon. Endgültig. Sie war erniedrigt worden, beleidigt, eingesperrt und ins Lächerliche gezogen worden. Es war an der Zeit, sich dafür zu rächen. Sich ein für alle Mal zu beweisen.

Rache! verlangte ihre Drachenseite knurrend.

Die Wut überwältigte jeden Gedanken und jede Empfindung, bis nichts anderes mehr zählte, als die Vampire zu besiegen – und sich zu beweisen.

Glaube… Die Stimme ihres Großvaters hallte durch ihren Kopf. *Du musst daran glauben.*

Und auf einmal wusste Karen, was sie zu tun hatte – und auch, dass sie es konnte. Sie glaubte.

„Folge dem Weg da." Sie zeigte über Tanners Schulter auf einen zweispurigen Feldweg. „Halte uns so ruhig wie möglich."

„Was hast du vor?" Er griff nach ihrem Arm.

Sie zog die Knie an und hielt sich mit beiden Händen an seinen Schultern fest. „Ich habe eine Idee."

„Nicht schon wieder…" Er stöhnte.

„Eine gute", betonte Karen. Für Zweifel blieb keine Zeit. „Also…"

Bevor er weitersprechen konnte, zog Karen einen Fuß hoch, dann ein Knie und…

„Bist du verrückt?", brüllte er.

„Nicht langsamer werden!", befahl sie und stand auf.

Früher hatte sie ein paar Tricks auf Pferden ausprobiert. Aber heilige Scheiße, auf dem Sitz eines Motorrads zu stehen, während es über eine Schotterpiste holperte, erwies sich als anders. Völlig anders.

Glaube, sagte ihre Drachendame. *Mach den Kopf frei und glaube.*

Karen ging hinter Tanner in die Hocke und hielt sich an seinen Schultern fest.

„Karen!", protestierte er.

„Halte die Maschine einfach gerade. Und fahr schnell."

Ja, sie war verrückt. Ja, sie war impulsiv. Aber ihre Drachendame brüllte und tobte in ihr wie noch nie zuvor.

Ich kann das. Vertrau mir. Lasst es mich versuchen.

Versuchen reicht nicht, gab Karen barsch zurück.

Ich kann es schaffen. Schau zu. Vertrau mir, brüllte ihre Drachenseite.

Nur wegen des Blutdiamanten schnaubte sie nicht ablehnend und sagte: *Vergiss es.* Schon beim ersten Anblick des Edelsteins hatte sie die davon ausgestrahlte Energie gespürt, und ihn zu halten, fühlte sich an, als hätte man glühende Kohle in der Hand. Sie konnte die darin pulsierende Kraft fühlen.

Dieser Diamant birgt die Macht unserer Vorfahren, hatte ihr Großvater erklärt. *Und der Drache, der ihn besitzt, kann diese Macht nutzen. Sie zur seinen machen.*

Zur seinen oder zur ihren? hatte Karen damals gescherzt. Dann hatten sie beide gelacht. Im Augenblick lachte sie nicht.

Vertrau mir. Ich schaffe das, beteuerte ihre Drachendame.

Karen schloss die Augen und spürte, wie der Wind ihr Haar peitschte. Sie stellte sich vor, wie es wäre, in Drachengestalt zu fliegen. Zu fliegen, nicht zu gleiten. Richtig zu fliegen. Wenn ihr schon die Kraft ihres Großvaters das eine Mal, als sie wirklich geflogen war, Auftrieb verliehen hatte, würde die Macht des Blutdiamanten sie erst recht beflügeln.

Ich kann es schaffen.

Karen klammerte sich an Tanners Shirt fest.

Wir können es schaffen. Ihre Drachendame nickte.

Karen holte tief Luft und sprang hoch.

„Karen!", brüllte Tanner, doch seine Stimme drang nur leise zu ihr. Genau wie das Geräusch des Motors und eigentlich alles außer der Stimme in ihrem Kopf.

Ich kann es schaffen. Schau, wie ich fliege.

Sie streckte sich den Sternen entgegen und breitete die Arme aus. Und während eine Hälfte von ihr damit rechnete, abzustürzen und unter die Räder der heranrasenden SUV zu geraten, glaubte die andere Hälfte. Sie glaubte aufrichtig an die Macht des Blutdiamanten, wenn auch nicht wirklich an sich selbst.

Fliegen. Ich kann fliegen. Ich werde fliegen.

Und heilige Scheiße, sie tat es. Ein Aufwind erfasste sie unter den Flügeln – teilweise durch ihren Sprung, bei dem sie sich blitzartig in Drachengestalt verwandelt hatte – und hob sie empor. Höher, höher, höher, so hoch wie die in der Ferne schlummernden Hügel.

Jetzt dreh bei, murmelte ihre Drachenseite und konzentrierte sich.

Karen neigte eine Winzigkeit den rechten Flügel und bog in eine vorsichtige weite Kurve. Dann verstärkte sie die Neigung ein wenig und verschmälerte den Radius. Sie wiederholte den Vorgang mit dem anderen Flügel, änderte die Richtung. Nach mehreren weiteren Wechseln bekam sie den Bogen allmählich raus. Schon bald quiekte sie vor Vergnügen.

Ich fliege! So richtig!

Sie verengte die Augen zu schmalen Schlitzen, eine Barriere gegen die peitschende Wirkung des Winds, und schlackerte mehrmals mit den Ohren, um zu genießen, wie der Luftzug über sie hinwegströmte. Es fühlte sich noch besser an, als Karen es sich vorgestellt hatte. Aufregender. Geradezu berauschend.

Dann krachte unter ihr ein Schuss, und sie riss sich zusammen. Verdammt – sie musste noch Vampire vernichten. Und den hartnäckigsten Bären der Welt küssen. Keine Zeit, sich einfach am Fliegen zu erfreuen. Nicht in einem solchen Augenblick.

Kapitel 18

Unten fegten Lichter durch die Wüste – drei Scheinwerferpaare der SUV, ein blendend greller Suchscheinwerfer auf dem Dach des vierten und der schwächere Schimmer des Motorrads, das sich einen gewundenen Weg durch das Gestrüpp bahnte.

Den Bären retten! Die Vampire töten!

Karen legte die Flügel an und ging in den Sturzflug über. Dabei heulte sie mit einer Mischung aus Wut und Freude. Genau so würde sie in Wasser eintauchen, nur tauchte sie diesmal durch Luft. Am besten daran fand sie, dass sie es voller Zuversicht tat, weil der Blutdiamant ihr Kraft verlieh und sie nicht im Stich lassen würde.

Der Wind pfiff über ihre Flügelspitzen, während in ihrem Kopf die Geräusche von Bombern abliefen, die auf ihr Ziel zurasten. Je näher die SUV kamen, desto wütender wurde Karen und desto mehr übernahm ihre Drachenseite ihr Denken. Mit welchem Recht stellten sich die Blutsauger zwischen ihren Gefährten und sie? Was fiel ihnen ein?

Sie zog die Lippen zurück, entblößte die Zähne und atmete tief ein.

Sayonara, Arschlöcher, brüllte ihre Drachendame.

Sie entfachte einen Funken in der Kehle, atmete aus und – *wusch!* Eine riesige, züngelnde Flamme umhüllte das Fahrzeug, das sich Tanner am nächsten befand. Karen spie Feuer, bis die Flammen auf beiden Seiten über das Dach nach unten zu den Fenstern strömten.

Mit einem Ruck schwenkte der Wagen scharf nach rechts. So scharf, dass der SUV umkippte und auf der Seite liegen blieb. Als Draufgabe verpasste Karen ihm einen weiteren Feuerstoß, bevor sie wieder aufstieg. Die Türen flogen auf, und Vampire kletterten heraus.

Wenn Karen doch nur reines Feuer speien könnte wie die Drachen vergangener Generationen! Ihre magiegestützten Flammen waren nicht dicht genug, um vernichtend für Vampire zu sein, daher konnte Karen sie nicht töten. Aber sie wie aufgescheuchte Hühner die Flucht ergreifen zu sehen, fühlte sich auch befriedigend an.

Mit nur wenigen Flügelschlägen gewann sie an Höhe und lachte vor ausgelassener Freude. Sie konnte abtauchen! Wenden! Hoch in den Himmel steigen! Sie konnte richtig fliegen!

Ein Flüstern im Wind trug ihr einen Hauch der Stimme ihres Großvaters zu. *Natürlich kannst du das.*

Tanners Stimme erklang als zweite in ihrem Kopf. *Natürlich kannst du das.*

Flügelschlagend hetzte sie hinter den nächsten beiden Fahrzeugen her, die nebeneinander fuhren, während sie das Motorrad verfolgten.

Perfekt, säuselte ihre Drachendame.

Karen besprühte sie von hinten mit einem Feuerstrahl, den sie von einer Seite zur anderen schwenkte, um beide SUV zu erfassen. Sie hielt ihn immer noch aufrecht, als die beiden Fahrzeuge kollidierten und gegen einen Felsvorsprung krachten. Gleich darauf krochen die Vampire heraus und rannten los, und Karen bombardierte sie mit weiteren Flammen. Das Feuer schoss mit einem Rauschen aus ihr hervor. Gepaart mit den hektischen Bewegungen der Vampire musste sie unwillkürlich an eine Apokalypse denken. Feuer und Schwefel! Chaos! Am besten daran fand sie, dass *sie* es verursachte – absichtlich, nicht versehentlich. Und obwohl man ihr immer eingebläut hatte, dass anständige Drachen ihre Kräfte nie zum Zerstören einsetzen, handelte es sich in diesem Fall um Vampire, die es nicht anders verdienten, richtig?

Richtig, entschied sie und sah sich um.

Drei Fahrzeuge erledigt, noch eines übrig – der Geländewagen mit dem grellen Suchscheinwerfer, der Tanner nach wie vor verfolgte. Ohne Karen auf dem Soziussitz schien er sich besser zu halten. Dann jedoch knallte ein weiterer Schuss durch die Nacht und erinnerte Karen an die Gefahr, in der ihr Gefährte schwebte.

Nicht mehr lange, murmelte ihre Drachendame und reckte den Hals.

Sie neigte die Flügel, rollte sich nach rechts, pendelte sich wieder ein und raste vorwärts. Schiller befand sich in dem Geländewagen, sie spürte es – also musste dieser Überflug sitzen.

Innerhalb von Sekunden befand sie sich einen Kilometer vor Tanner und kundschaftete das Terrain aus. Da – ein Anstieg, der mit einer steilen Klippe endete. Sie schaute zurück, verlangsamte den Flug und hoffte, Tanner würde ihr folgen.

Ein weiterer verrückter Fluchtplan? Seine Stimme ertönte leise in ihrem Geist.

Sie grinste. *Nicht so verrückt. Nimm dich nur vor der Klippe in Acht.*

Sie spürte, wie er schnaubte. *Weißt du, „nur" und „Klippe" gehen nicht wirklich zusammen.*

Gleich da zweigt ein Pfad ab – sie schwenkte scharf nach links, um ihm die Stelle zu zeigen –, *dem kannst du bis zum Rand folgen.*

Zum Rand? Warum gefällt mir nicht, wie sich das anhört?

Karen hätte den halb scherzhaften Schlagabtausch mit ihrem Gefährten gern fortgesetzt, doch sie musste noch einen SUV voller Vampire überlisten. Und diesmal, verdammt, würde es ihr gelingen.

Sie neigte die Flügel zu einer Wende und raste geradewegs auf Tanner und den SUV hinter ihm zu. Und verdammt, schrumpfte der Abstand so tief über dem Boden und auf direktem Kollisionskurs rasant.

Karen! Heilige... Tanner zog den Kopf ein.

In letzter Sekunde schnippte sie mit dem Schwanz und wich ihm um wenige Zentimeter aus.

...Scheiße! beendete er seinen Ausruf und brauste in Richtung der Klippe.

Karen hielt geradewegs auf den SUV zu und riss das Maul weit auf. Der Vampir, der sich mit einem Gewehr an der Schulter aus dem Seitenfenster lehnte, huschte jäh zurück hinein, als sie das Fahrzeug mit einem weiteren gewaltigen Feuerstoß überzog. Der Wagen erzitterte unter der Wucht des Aufpralls, raste aber weiter, obwohl die Flammen über die Windschutzscheibe und an beiden Seiten entlang züngelten. Karen zog gerade noch rechtzeitig hoch, um ihn nicht zu rammen.

Oha! Die Antenne schrammte über ihren Bauch, als sie über das Dach hinwegflog.

Das Fahrzeug bretterte weiter, und die Flammen erloschen. Mist – demnach zauberte sie wohl nicht als einzige Hexe in der Wüste. Karen wendete und raste hinter dem SUV her, der rasch zu Tanner aufholte. Zu rasch.

Beeil dich! drängte sie ihn. *Schneller!*

Ich mach das schon, murmelte er in ihren Gedanken und spähte über die Schulter.

Der Geländewagen befand sich ihm so nah, dass sie ihn nicht mit Feuer besprühen konnte, ohne auch Tanner zu treffen. Also drehte sie ab und flog einen Bogen, um ihn von der Seite anzugreifen.

Aus ihrer Höhe konnte sie sehen, wie sich beide Fahrzeuge schnell der Klippe näherten – einer durch eine kleine Senke und einen Anstieg verdeckten Klippe.

Abdrehen! schrie Karen in Tanners Kopf. *Abdrehen!*

Er wich nicht vom Kurs ab. Keinen Zentimeter.

Sofort! Dreh jetzt ab! brüllte sie.

Noch eine Sekunde, dann würde Tanner die enge Kurve zu dem parallel zum Rand des Abgrunds verlaufenden Wanderweg verpassen. Er würde abheben, abstürzen und sterben.

Dreh ab, verdammt noch mal! Abdrehen!

Voll Grauen und hilflos beobachtete sie das Geschehen. Sie konnte nichts unternehmen, als beide Fahrzeuge näher und näher zum Abgrund rasten. Näher und näher...

Tanner warf das Motorrad in eine rasante Neunzig-Grad-Kurve und stützte sich mit dem linken Fuß am Boden ab, um zu verhindern, dass die Räder über die Kante rutschten. Und der SUV...

Bremsen quietschten. Staub stob auf. Die Hupe plärrte, und das gesamte Fahrzeug schlitterte holpernd auf den Klippenrand zu.

Aus dem Augenwinkel sah Karen, wie Tanner das Motorrad aufrichtete und etwa dreißig Meter weiterfuhr, bevor er anhielt und zurückschaute.

Die Räder des Geländewagens pflügten tiefe Furchen in den Boden, die Scheinwerfer ragten über den Rand des Abgrunds. Schließlich kam er mit den Vorderreifen zwei, drei Zentimeter vor der Kante zum Stehen. Karens Mut sank. Sie konnte Schillers triumphierendes Lachen hören, als er aus dem Auto stieg.

Dann jedoch gab der Klippenrand ächzend nach, und die Vorderreifen kippten über die Kante. Über zwei Tonnen Stahl gerieten ins Wanken. Eine der Türen schwang auf. Ein verängstigter Vampir klammerte sich daran fest und suchte nach einem Ausweg.

Wieder flutete rasende Wut Karens Geist. Sie ging aus dem Schwebeflug in den Sturzflug über und spie lange Flammenranken. Dabei stellte sie sich vor, das Feuer wäre ein Rammbock und würde den SUV gerade so weit anschieben, dass er über die Kante stürzte.

Metall ächzte, Flammen zischten. Ein Vampir sprang mit einem gellenden Schrei aus dem Wagen – den Bruchteil einer Sekunde, bevor sich das Fahrzeug langsam nach vorn neigte. Dann befand es sich in der Luft und überschlug sich, bis – *Krach!* Inmitten von Flammen prallte der SUV am Boden auf und explodierte.

Karen zuckte dabei zusammen, bevor sie den Anblick bewunderte – ganze fünf Sekunden lang. Dann wandte sie sich Schiller zu. Verschmiert von Asche und Staub stand der Vampir am Rand des Abgrunds. Seine Augen weiteten sich, als er sie kommen sah. Er hechtete gerade noch rechtzeitig in Deckung, bevor ihr nächster Flammenstrahl einschlug.

In den folgenden Minuten vergnügte sich Karen mit dem besten Katz-und-Maus-Spiel aller Zeiten. Sie jagte den Vampir mit kleinen Feuerstößen von einem Felsbrocken zum nächsten. Sie konnte Schiller vielleicht nicht erledigen, aber sie konnte ihn auf jeden Fall ein bisschen demütigen.

Äh, Karen? Eine tiefe Stimme klopfte an den Rand ihres Geists.

Mitten im Flug schaute sie auf. *Ja?*

Bist du bald fertig?

Sie schoss einen Feuerball auf Schiller ab, dann kehrte sie zum Rand des Abgrunds zurück, wo sich eine einsame Gestalt vor einem sagenhaft klaren Sternenhimmel abzeichnete. Karen kreiste einmal, zweimal, wollte mit dem Fliegen nicht recht aufhören – wer wusste schon, ob sie es je wieder schaffen würde, sich in die Luft zu erheben? Andererseits war sie mehr als bereit für die Wiedervereinigung mit ihrem Gefährten. Als sie die Flügel anlegte und landete, stiegen kleine Staubwolken vom Boden auf.

Sie sah Tanner in die Augen, dann standen sie beide schweigend da und lauschten dem entfernten Knistern des Feuers, dem Zirpen der Grillen und dem Säuseln der nächtlichen Brise über die Kreosotbüsche der Wüste. Tanner hatte den Motor ausgeschaltet. Erhellt wurde die Umgebung nur vom Licht der Sterne am Himmel, vom Schein des Feuers unten und von Las Vegas' Schimmer am Horizont.

„Wir haben es geschafft", flüsterte Karen schließlich.

Tanner nickte, ohne den Blick von ihr zu lösen. „*Du* hast es geschafft."

Langsam verwandelte sie sich zurück in menschliche Gestalt. Dabei scharrte sie durch den Sand. Ihre Klaue begann die Bewegung, ihr nackter Fuß beendete sie.

Tanners Blick wanderte über ihre nackte Brust und ihre Beine. Ein verhaltenes Lächeln bildete sich um seine Mundwinkel.

„Du bist nackt."

Sie lachte. „Irgendwie lässt sich das in deiner Nähe anscheinend nicht verhindern."

Er grinste, bevor er ungläubig den Kopf schüttelte und zum Himmel schaute, als hätte er ihren Flug noch vor Augen. „Das war unglaublich."

Sie versuchte ein abwiegelndes Schulterzucken, doch ihr Körper weigerte sich, mitzuspielen. Stattdessen straffte sie die Schultern und warf sich in die Brust – bis ein knapp hundert Kilo schwerer Bärengestaltwandler auf sie zukam und sie in eine innige Umarmung zog.

„Du hast es geschafft." Er strich mit den Händen über ihr Haar, ihre Schultern und ihren Rücken, untersuchte sie auf gebrochene Knochen.

Stolz ließ ihre Brust anschwellen wie einen Ballon. Denn auch, wenn der Diamant sie beflügelt hatte, konnte sie zumindest einen Teil der Anerkennung für sich beanspruchen, oder? Allerdings sollte ein Drache nicht zu eingenommen von sich sein. Davor hatte ihr Großvater sie oft gewarnt. Also löste sie sich von Tanner, um es ihm zu erklären.

„Ich konnte nur wegen dem Diamanten fliegen. War aber trotzdem ziemlich cool."

Tanner legte den Kopf schief. „Wie meinst du das, wegen dem Diamanten?"

„Der Diamant birgt die Macht der alten Drachen und verleiht..."

Er fiel ihr ins Wort. „Daran erinnere ich mich. Aber was hat das damit zu tun, dass du geflogen bist?"

Sie lachte. Offensichtlich war der Tag für den armen Kerl schon zu lang. Er konnte nicht mehr klar denken.

„Ich habe vorher nie mehr als einen Gleitflug hinbekommen. Der Diamant hat mir die Kraft verliehen, richtig zu fliegen."

Tanner sah sie mit skeptisch zusammengekniffenen Augen an. „Der Diamant hat dir die Kraft dazu von hier unten aus verliehen?"

„Nein, ich hatte ihn bei mir." Dummer Bär.

„Nein, ich hatte ihn bei mir." Tanner tätschelte die Seite seiner Jacke.

„Ich hatte ihn bei mir. Genau hier." Sie berührte ihre Brust dort, wo sich die Halskette befinden sollte...

...und geriet schlagartig in Panik, weil der Diamant fehlte. Gott, hatte sie ihn verloren? War die Kette gerissen, als sie sich in Drachengestalt verwandelt hatte?

Oh Gott. Oh Gott. Oh Gott. Ihre Drachendame begann zu zetern. Sie hatte alles vermasselt – schon wieder.

„Nein", sagte Tanner langsam und holte etwas aus der Tasche. „Ich habe ihn bei mir."

Er öffnete die Finger; und da war er – der Blutdiamant, der im Licht von tausend Sternen funkelte.

Karen öffnete den Mund. Ihre Lippen bewegten sich. Sie versuchte es auch mit der Zunge, doch die baumelte nur schlaff hin und her. In ihren Gedanken lief die Flucht aus dem Casino noch einmal ab. Hatte sie sich die Kette auf dem Weg aus dem *Scarlet Palace* nicht über den Kopf gehängt?

Moment – das wollte sie. Aber dann hatte sie Großmutter Panda gesehen und den Edelstein in der Hand behalten.

Spring auf. Sie erinnerte sich, dass Tanner sie auf das Motorrad gewinkt hatte.

Langsam ließ sie die Erinnerung im Kopf ablaufen. Während der Motorradfahrt hatte Karen die Hände in Tanners Jackentaschen geschoben, um seine Taille besser umfassen zu können. Dort hatte sie den Diamanten zurückgelassen.

Tanner ergriff ihre Hand, als sie vor Überraschung ins Wanken geriet.

„Oha, sachte." Grinsend wickelte er ihre Hand um den Diamanten. „Siehst du?"

Sehen? Sicher. Sie konnte ihn auch fühlen – nicht nur die harten Kanten, die sich in ihre Handfläche bohrten, sondern auch die pulsierende Energie, die direkt von dem Stein in ihre Seele überging. Sie konnte spüren, wie sie davon gestärkt wurde.

Aber daran glauben? Dazu fehlte noch ein Stück. Wenn Tanner den Diamanten die ganze Zeit gehabt hatte, dann bedeutete das...

„Oh mein Gott", flüsterte sie. „Ich hab's geschafft. Ich bin allein geflogen."

Er zuckte mit den Schultern. „Natürlich bist du das."

In seiner Stimme schwang keine Spur von Überraschung oder Verwunderung mit, nur Glaube. Ein unerschütterlicher Glaube, als hätte er es schon immer gewusst.

Karen starrte ihn an.

Die Kräfte eines Drachen entstehen durch Liebe und wahre Überzeugung... Vielleicht hatte ihr Großvater sie doch nicht auf den Arm genommen.

Tanner sah sie mit hochgezogener Augenbraue an. „Sprachlos? Das ist mal eine Abwechslung."

Sie knuffte ihn verspielt in die Schulter, aber er rührte sich dabei keinen Millimeter. Er lachte nur und holte ein Reserveshirt samt Hose aus der Satteltasche des Motorrads. „Hier. Bereit zu verschwinden?"

„Oh Mann, und wie." Sie schlüpfte erst in das Shirt, dann in seine Lederjacke. Beides roch nach Tanner, frisch und holzig. Wie ein Zuhause. Karen zog den Reißverschluss der Jacke hoch und atmete ein, bevor sie eine Hose anzog. „Definitiv startklar."

Tanner ließ das Motorrad an und wartete, bis sie hinten aufgestiegen war, bevor er den Wanderweg hinunterfuhr.

„Wohin?", rief sie über seine Schulter.

„Nach Hause." Er zeigte nach vorn, mehr zu den Sternen als an einen bestimmten Ort.

„Und wo genau ist das?" Es war eher eine Stichelei als eine echte Frage, denn ihr war jeder Ort recht, an den er sie bringen würde.

„Ich kenne genau das richtige Plätzchen für einen Bären und eine Drachenhexe, um sich niederzulassen."

„Ach ja?"

„Ja. Eine kleine Hütte hoch droben in den Bitterroot Mountains. Dort gibt es reichlich Gebirgsbäche, in denen du schürfen kannst, und genug Holz, um mich zu beschäftigen."

„Hoffentlich nicht zu sehr." Sie ließ die Hände an seinem kraftvollen Körper tiefer gleiten.

Er lachte. „Ich werde auch Freizeit finden, versprochen."

Karen konnte sich bereits vorstellen, wie sie auf die Laken eines riesigen Betts sank, auf dem eine Strickdecke mit Baummuster liegen würde. Sie würde in seinen Armen einschlafen und auch aufwachen – nicht nur für einen Tag oder eine Nacht, sondern ein Leben lang.

„Wir wollen doch nicht, dass es langweilig wird", fügte sie hinzu, damit er nicht glaubte, sie würde weich.

Tanner lachte unverhohlen. „Ist das ein Versprechen oder eine Drohung?"

Sie schmiegte sich enger an ihn, schloss die Augen und lauschte dem Brummen des Motors.

„Es ist ein Versprechen, Liebster. Ein Versprechen."

Sneak Peek: Pantherpoker

Skrupellose Vampire. Leidenschaftliche Panther. Tapfere Liebende. Erlebe Las Vegas verrückter – und tödlicher – als je zuvor!

Panthergestaltwandler Dex Davitt hat gerade eine satte Million Dollar verdient. Das Problem? Las Vegas damit zu verlassen – lebend. Warum? Tja, das ist kompliziert. Durch einen Fall von Verliebtheit bis über beide Ohren. Durch rachsüchtige, blutsaugende Vampire. Ganz zu schweigen davon, dass sorgfältig ausgearbeitete Pläne auseinanderfallen. Ist alles nur eine Pechsträhne? Oder ist es Schicksal?

Stuntfrau Dakota Morgenstern ist bereit, die Stadt der Sünde gegen ein ruhigeres, einfacheres Leben auf einer Ranch einzutauschen. Dabei gibt es nur einen Haken – einen sündhaft charmanten Croupier, der womöglich versehentlich mit ihrer beider Leben gespielt hat.

Unverhofft wird sie in eine tödliche neue Welt voller Verliese, Drachen, blutiger Gladiatorenkämpfe, heldenhafter Igel und gnadenloser Mafiabosse hineingezogen. Kann eine mutige Menschenfrau das richtige Ass zur richtigen Zeit ausspielen, um den Spieß gegen ihre Feinde umzudrehen?

Weitere Titel von Anna Lowe

Gestaltwandler in Vegas

Wolfspoker

Bärenpoker

Pantherpoker

Drachenpoker

Aloha Shifters - Juwelen des Herzens

Der Ruf des Drachen (Buch 1)

Der Ruf des Wolfes (Buch 2)

Der Ruf des Bären (Buch 3)

Der Ruf des Tigers (Buch 4)

Die Verlockung des Drachen (Buch 5)

Der Ruf des Fuchses (Buch 6)

Aloha Shifters - Perlen des Verlangens

Drachenrebell (Buch 1)

Bärenrebell (Buch 2)

Löwenrebell (Buch 3)

Wolfsrebell (Buch 4)

Rebellenherz (Buch 5)

Alpharebell (Buch 6)

Töchter des Feuers - Billionaires & Bodyguards

Töchter des Feuers: Paris (Buch 1)

Töchter des Feuers: London (Buch 2)

Töchter des Feuers: Rom (Buch 3)

Töchter des Feuers: Portugal (Buch 4)

Töchter des Feuers: Irland (Buch 5)

Töchter des Feuers: Schottland (Buch 6)

Töchter des Feuers: Venedig (Buch 7)

Töchter des Feuers: Griechenland (Buch 8)

Töchter des Feuers: Schweiz (Buch 9)

Die Wölfe der Twin Moon Ranch

Verlockung des Jägers (Buch 1)

Verlockung des Wolfes (Buch 2)

Verlockung des Mondes (Buch $2\frac{1}{2}$ – Vier Kurzgeschichten)

Verlockung des Alphas (Buch 3)

Verlockung der Wölfin (Buch 4)

Verlockung des Herzens (Buch 5)

Weihnachtsverlockung (Buch 6)

Verlockung der Rose (Buch 7)

Verlockung des Rebellen (Buch 8)

Verlockende Begierde (Buch 9)

Die Bären des Blue Moon Saloons

Perfekte Gefährten (die Vorgeschichte)

Verlangen des Bären (Buch 1)

Verlangen des Wolfes (Buch 2)

Verlangen des Alphas (Buch 3)

Verlangen des Gefährten (Buch 4)

Verlangen der Wölfin (Buch 5)

Süßes Verlangen (ein Festtagsschmaus)

Karibische Abenteuerromantik

Funken der Lust

Prickelndes Wagnis

Süße Verstrickung

Verlockende Tiefe

Sinnliche Strömung

Travel Romance

Im englischen Original bei Amazon erhältlich.

Veiled Fantasies

Island Fantasies

www.annalowe.de

Über Anna Lowe

USA Today und Amazon Bestseller Autorin Anna Lowe schreibt fesselnde Romane mit tatkräftigen Heldinnen und unwiderstehlichen Helden in exotischen Umgebung, mit jeder Menge Zündstoff für scharfe Romantik.

Sie liebt Hunde, Sport und Reisen, die auch die Inspiration für Ihre Bücher liefern. Wenn Anna nicht gerade in die Arbeit an ihrem nächsten Buch vertieft ist, kannst Du Sie am Wochenende beim Wandern in den Bergen antreffen. Egal wo und wie – sie wird den Tag mit einem leckeren Stück Zartbitterschokolade ausklingen lassen.

Einfach mal vorbeischauen, auf **www.annalowe.de**.

www.ingramcontent.com/pod-product-compliance
Lightning Source LLC
Chambersburg PA
CBHW031247210726
48287CB00003B/927